U0552866

三毛貓ホームズの仮面劇場

三色猫探案
假面剧场

〔日〕**赤川次郎** 著

朱田云 译

人民文学出版社
PEOPLE'S LITERATURE PUBLISHING HOUSE

著作权合同登记号　图字01−2022−0866

图书在版编目（CIP）数据

假面剧场 /（日）赤川次郎著；朱田云译.
—北京：人民文学出版社，2023（2025.4重印）
（三色猫探案）
ISBN 978−7−02−018125−4

Ⅰ.①假… 　Ⅱ.①赤… ②朱… 　Ⅲ.①长篇小说—
日本—现代　Ⅳ.①I313.45

中国版本图书馆CIP数据核字（2023）第133042号

责任编辑　卜艳冰　陶媛媛
装帧设计　钱　珺

出版发行　人民文学出版社
社　　址　北京市朝内大街166号
邮政编码　100705

印　　制　山东临沂新华印刷物流集团有限责任公司
经　　销　全国新华书店等

字　　数　106千字
开　　本　787毫米×1092毫米　1/32
印　　张　6.375
版　　次　2023年8月北京第1版
印　　次　2025年4月第2次印刷

书　　号　978−7−02−018125−4
定　　价　39.00元

如有印装质量问题，请与本社图书销售中心调换。电话：010-65233595

目 录

三色猫探案：一个温情的故事世界

自三色猫福尔摩斯首次与读者见面，迄今已经有三十六个年头了。三十六年，差不多是普通猫咪寿命的两倍。

把小猫设定为侦探，这一想法的诞生纯属偶然。拿到"全读物推理小说新人奖"的第二年，出版社向我约稿写一部长篇推理小说。我绞尽脑汁苦苦思索如何塑造新奇有趣的主人公，因为在"喜剧推理"的大框架中，侦探的形象写来写去好像只有那几种。

就在这时，家里养了十五年的三色猫走到了生命尽头。这只小猫早已成为家里不可或缺的一员，而且，这十几年是我家生活最为艰辛的一段时期，正是这只三色猫为我们带来了无限欢乐。

等我正式出道，家里的生活终于有所改善之时，三色猫就像完成了自己的任务一样，永远地离开了我们。为了报答小猫多年以来的陪伴，我决定让它在我的作品中复活。于是，在《推理》一书中，与我家小猫形态、毛色如出一辙的"猫侦探"从此登场。

不过，那时我并未打算写成系列。没想到此书一经出版好评如潮，结果我又写出了第二部、第三部……年复一年，不知不觉间，这个系列已迎来了第五十部作品。原本是我希望通过写小说向我家三色猫报恩，结果它又以几十倍的恩情回馈了我。

三色猫福尔摩斯、片山兄妹、石津刑警，这些角色不仅仅是我创作的角色，多年来，广大读者已把他们当作家人一般亲近与喜爱。因此，我会一直把这个系列写下去。

中国出版界很早之前就引进了这套作品中的若干部，不知道猫这种生物，在日本人和中国人心目中的形象是不是有很多共通之处呢？

无论如何，这个系列被翻译成中文并被广泛阅读，这对于作者来说，实在是无上的荣幸。

曾经有一名小学生读者看了"三色猫探案"系列后对我说："原来坏人也是有故事的啊。"在我的书里，猫侦探也好，片山刑警也好，他们都不是对罪犯一味穷追猛打的那种主人公。有些人是因生活所迫，不得已而犯下罪行的。对于他们，我书中的侦探们在彻查真相的同时，总是怀有同情心。

也许现实世界比小说残酷许多，但我衷心期待大家在阅读"三色猫探案"系列时能够暂时忘却现实，在这个充满温暖和人情味的世界中获得治愈和救赎。

猫侦探也是这样希望……的吧。

赤川次郎

二〇一四年四月

楔　子

门开了。

一个头发稀疏的中年男人探头进来，鬼鬼祟祟地扫视屋内，突然看到两双眼睛正盯着自己，不由得打了个激灵。

"你们好……好像我是最后一个到的……是吧？"男人说着露出僵硬的笑容，走入屋内把门带上。

他叹了口气又说："刚才迷路了。这附近的路很难认，周围的房子看起来都一样。"

一个四十岁上下的女人满脸倦容地说："我也是五分钟前刚到的。"

"是嘛，太好了。我晚到了十五分钟，还以为……"

空荡荡的房间里只摆了一张书桌、三把椅子。

男人拉过那把空椅子，坐下后发出"嘎哒嘎哒"的声响。

时节明明很寒冷，他却掏出手帕擦汗。

男人、女人和坐在另一把椅子上的女中学生互相看了看。

"是你女儿？"

"不，是刚在这儿认识的。"女人摇摇头说。

"你一个人来的？"

少女直视男人："我十分钟前就到了。"又补充说："我幼儿园和小学从没迟到过。"

"真了不起。叔叔我啊，因为迟到太多次，被公司辞退了。"男人笑着说，见其他两个人毫无反应，赶紧闭嘴。

"到底怎么回事？"女人问，"你们听说什么了？"

"没有，只知道有人叫我过来……"

"我也是。"女人叹了口气，"等着吧。"

这时，从房间某处传出一个声音："不用等了。"

"是从喇叭里传出来的吧？"中年男人东张西望。

"我能看见你们。"男人的声音继续说道，"话不多说。你们听好了。"

三人面面相觑，坐得更端正了。

"你们是我从茫茫人海中选中的三个。你们不必知晓彼此的姓名。你们仨都没了家人，孑然一身，无处可去。"

三人不由得垂下视线。

"你们没了活路，都想寻死。我说的没错吧？"

三人沉默不语。

"我有个活儿交给你们。顺利完成之后，丰厚的报酬足以让你们开始全新人生。"

听到"报酬"两个字，两个成年人立刻作出反应，不由自主地向前探身。只有少女面不改色。

"干不干？如果不想干，现在立刻出去。"

"干什么？"中年男人问。

"听了工作内容，就不许说不干了。想不干，就现在说。"

中年男人看看女人，问道："怎么办？"

"他说的没错。不干只有死路一条。无论是什么我都干。"

女人又看看少女，问道："你呢？"

少女瞪着不见人影的发话者："我也干。"

"好，那我也干，"中年男人点点头，"需要干什么？"

过了一会儿，从门的方向传来声响。

一只大信封从门缝塞进来。

"去拿信封。"命令来自声音。

中年男人立刻起身取来信封。

"打开信封，取出里面的东西。"

中年男人把信封里的资料铺在桌上。

还有一个小信封。

"仔细读那些资料。接下来你们要扮成一家人，共同生活一个月。"

"父亲须田康广。"

"妻子伸代，"女人看看少女，"你是女儿希江。"

少女默默地看着资料。

"你们的工作是伪装成一家人，不能被任何人识破。一旦被识破，你们将立即被扫地出门，没有半分报酬。"声音继续，"你们的生活会很富裕，是上流阶层。给你们一周时间，用小信封里的一百万现金置办行头，然后前往指定的乡间旅馆。那里已经用须田的名字预订了房间。旅馆里有各种客人。你们要混迹其中，像真的一家人在那里生活一个月。"

中年男人从小信封里取出一叠总金额高达一百万日元的现钞，眼睛都直了。

"不要妄想拿了钱就逃。"

"怎么会！只是……好久没见过这么多钱……"

"但是……为什么？"女人问。

"什么都别问。你们没必要知道。"

"好吧。如果只是作为一家人住一个月，为什么选我们？"

屋内一片沉默。

安静得令人背脊发凉。

"事先申明，"声音说道，"那家旅馆里也许会有案子。"

"什么案子？"

"还不知道。你们或许会卷入险境。"

这时，三人不再只有疑惑，还露出不安神色。

"无所谓，"少女说，"不劳无获嘛！"

"说得好！"声音愉悦地赞同，"只要你们扮演好各自的角色，完成任务并非不可能。"

女人叹了口气："干吧。不可能再有这种让人生从头再来的机会了。"

"小信封里还有车票。各位，加油！"又加了一句："祝你们活得久。"

一阵沉默。

"什么意思？"中年男人边说边翻看资料。

"既然作了决定，等从这里出去之后再慢慢看资料吧。"

"也是。"

"我饿了，"少女说了句很现实的话，"两天没吃饭了。"

"哎哟，好可怜。门口好像有一间家庭餐馆。"

"坐出租车去附近的酒店吃吧。我们是有钱人了。"

"这么快就适应了？"

"嗯，既然收了这么多钱，就别再显得穷酸了。"

"同意。"三人站起身。

"快走吧，爸爸！"

两个成年人听到少女的话都笑了。

　　三人一起走出屋子。

　　来到外面，刚好有辆出租车，男人坐在副驾驶座，女人和少女上了后座。

　　"去N酒店。"

　　刚才还是素昧平生，此刻已熟练地找准各自的位置。

1　光荣负伤

"什么情况？"

刚刚赶到现场的是搜查一科的栗原科长。

"科长，"片山回头赶紧挥手提醒，"快低头！危险！"

栗原刚蹲下身子躲在警车后，"咚"的一声，警车的窗玻璃就被霰弹击中了。

"好险！"片山说，"您离得太近了。"

"不去了解现场情况，怎么能当好指挥？"

片山佩服栗原的气魄，但又觉得万一他受伤会更麻烦。

"不许靠近！"一个声音大叫，"不然我杀了这个女人！"

片山叹了口气："对方手里有人质，我们什么都做不了。"

"人质是女人？"

"是。我们刚想冲进去，不巧荞麦面店送外卖的先到一步，没来得及拦住她。"

"所以人质是……"

"送外卖的女人。"

"哎哟，这下难弄了。让我冷静一下，需要一点儿时间。"

如果强行突入，导致人质遇害，就是最糟糕的结果。

毕竟对方已经杀了三人，早已毫无顾忌了，还持有霰弹枪。另外，他藏身的公寓后方是一条河，警方只能从公寓正面接近。

"在哪个房间？"

"二楼右端那个。"

"从他的视角可以看到前方整个区域。"

"等天黑再靠近，"栗原看看手表，"才下午一点。"

"那还要等很久。"

"我们的人越来越多，只会刺激对方。让弟兄们稍微后退一点儿吧。"

"好。"片山吩咐蹲在另一辆警车后面的石津，"你去叫大家退到嫌疑人看不到的地方。"

"遵命。"石津低着头跑了出去。

"科长，请您也往后撤一点儿。"片山说，"您在这么近的地方帮不上忙。"

栗原发现自己蹲在警车后面确实无济于事。

"知道了，但你一个人行吗？"

现状是大家都在后撤，目前，嫌疑人从公寓中能看到的只有片山和栗原。

"请您把石津叫回来。"

"好。你自己小心。"

"撤的时候低头！"

"好。"栗原跑离警车，却因为低头的姿势而不容易保持身体的平衡，才跑出五六米就一个趔趄摔倒在地。

片山心中一惊，赶紧朝公寓看去——幸好对方此时并没朝这边看。"科长！快！"

"我知道！"

栗原站起身，这回干脆不低头了，大步跑向后方。

在警方冲进公寓前为其他房间送外卖却被挟持为人质的女性确实倒霉。当对方手里有人质时，强行突入是无计可施的最后手段，仅限于在非常确定嫌疑人将要杀害人质的情况下才使用。在那之前，警方一般会先问嫌疑人"想要什么"，积极地交涉。有时，在交涉过程中，嫌疑人会冷静下来，接受警方的劝降。

片山背对警车看向石津所在的位置，示意他过来。

石津从另一辆警车后面探出脑袋……

奇怪！

石津瞪大了眼睛手舞足蹈地比画着什么。

"什么意思？用嘴巴说！"片山见石津一脸不知该说什

么的模样。到底怎么回事？

片山的手向后伸，想在警车的车身上借力，直起腰杆，不料扑了个空。直接摔了个四脚朝天。

怎么回事？明明身后应该有辆警车？

爬起来才讶异地发现，原本用来作掩护的警车不知何时竟悄悄地向前移动了七八米。后来才知是刚才那几发霰弹中的一发射中了本就不太可靠的手刹，加上停车的位置是在坡道上，结果警车就"跑"了。

姑且不论理由如何，事实是警车已经"跑"远，片山此刻完全暴露在路中央。

"片山前辈！快来躲到警车后面！"石津大叫。

石津藏身的那辆警车与片山相距不近。

如果不赶快躲起来，一旦嫌疑人从公寓窗口向外看，必定一目了然。

片山迅速站起身。

就在这时——嫌疑人真的从窗口探出头了。

片山与嫌疑人四目相对的一刹那，心想：坏了。

嫌疑人似乎也吃了一惊。这也难怪。刚才看着还停了警车的地方如今却孤零零地站着一名刑警。

"你干吗？我要开枪了！"嫌疑人举起霰弹枪。

片山直奔公寓。

这是他在刹那间作出的判断。

如果向后跑去石津那里，肯定来不及。

如果跑向公寓，对位于二楼的嫌疑人而言，片山在他的正下方，反而不容易落入视线内。

片山飞奔进公寓。几秒之差，子弹已射向路面。

为了瞄准下方，嫌疑人的大半个身子已探出窗口。

"掩护片山前辈！"石津的叫声好似鼓动游行的口号。

枪声阵阵。有一枪打中了嫌疑人的肩膀。嫌疑人手里的霰弹枪掉落窗下。

片山一口气冲到二楼，心想：除了枪，嫌疑人也许还持有其他凶器，必须在他伤害人质前冲进去。

他打开玄关处的大门飞身而入。

"片山前辈的行为足以载入警视厅史册！"石津大赞。

"你能不能小声点儿？"片山说，"这里是医院。"

"对不起。"

"所以……"抱着福尔摩斯的晴美说，"你右脚骨折是因为和嫌疑人格斗？"

傍晚时分，病房里已亮起灯。

片山躺在床上，右脚打着石膏高高吊起。

"刚听说你受重伤时真的吓了一跳。"

"喵——"

"是吧，福尔摩斯？我还以为嫌疑人朝你开了枪，甚至作好了最坏打算。"

"很失望吧？"

"嫌疑人当时是什么情况？"

"肩膀中枪后疼得动不了。"

"你是怎么骨折的？……我知道了，是冲进去的时候被什么绊倒了？"

"不是，"石津说，"片山前辈是准备救人质时……"

"嗯？"

"换言之……"石津打算含糊其辞。

片山打断他："别费工夫找理由了。"他看看天花板，"我和人质一起摔倒了。"

"摔倒了？"

"被当作人质的女性长时间一动不动，腿麻了，在玄关处摔倒。我为了扶住她，当了人肉垫子。"

晴美眨着大眼睛："这样就骨折了？"

"是啊。女人质太胖了。"

晴美挠了挠福尔摩斯的下巴："还真是'光荣负伤'……是吧，福尔摩斯？"

"喵——"

"别嘲讽我了。"

"没有，我很尊敬你。是吧，福尔摩斯？"

"喵——"福尔摩斯越叫越没劲儿。

"片山，怎么样？"栗原走进病房。

"啊，您来了。我还行。"

"真不幸，"栗原打量片山的模样，"你好好休息。"

"在这儿躺着没一点儿意思。"

"别不开心嘛。我刚和负责的医生聊过，说你只是单纯的骨折，去旅游什么的都没问题。"

"你连骨折都是单纯的。"晴美调侃道。

"啊哈哈！"

"至于笑成这样吗？"

"不是我。"

"那是谁？"

病房的门开了。

片山瞪大了眼睛："您是……"

"谢谢您。"低头道谢的是个大胖姑娘，身形几乎堵住了病房门口。

"你是那个人质？"晴美问。

"我叫汤川笑子。大笑的孩子，笑子。"

眼前的姑娘穿着成熟的套装，和那天荞麦面店的外卖员判若两人。

"我今年二十七岁。多亏片山先生相救，保住了小命，以后可以长命百岁了。"

"我没做什么……"

"对不起，害您受了伤。"

"片山，这位汤川笑子小姐是度假酒店老板的女儿。"

"啊？"

"我和老爸吵架后离家出走。好不容易找到打工的地方，在荞麦面店送外卖，没想到……"笑子有些害羞，"我爸在电视上看到我时吓了一大跳。"

"原来如此。你回家了？"片山说，"那就好。"

"我本来只是赌气。现在有了回去的台阶，真的松了口气。"笑子说，"我爸很高兴，说一定要谢谢您。"

"不用……我只是尽本分。"

"我爸的酒店是建在山中安静的湖畔小屋，是个好地方。"

"但是……"

"反正你休假，去吧？"栗原双手抱臂，"不过你有招惹案子的体质，所到之处总会有事发生。"

片山皱眉："您能不这么说话吗？"

"您的妹妹也一起去吧？"

"啊，那多不好意思。"晴美嘴上这么说，脸上却是巴不得立刻收拾行李的模样了。

"喵——"

"可以带上这只猫吗？"

"可以啊。这只猫很聪明吧？像主人。"

"其实一点儿都不像。"晴美说。

"如果你们决定去，我就先过去打点一下。对了，虽说叫湖畔小屋，其实是正规的酒店，一切所需应有尽有。"

"喵——"

福尔摩斯的叫声听起来与平时有一点儿微妙的不同。

所以……真的会发生什么？

与片山视线交会时，福尔摩斯打了个哈欠。

"那就恭敬不如从命了。"

"太好了！"

汤川笑子高兴得蹦蹦跳跳，片山感觉地板都在震动。

拜托别摔到我这边！片山一边看着笑子一边在心中祈祷。

2　夜行列车

换个枕头会很难入睡。

就是有如此神经质的人。

不过，片山家及其身边的人与这种情况无缘。

列车"咣当"摇晃了一下，片山醒了。

到哪里了？

片山躺在狭小的卧铺上，看时间比较麻烦，但他还是抬起了手腕。

凌晨两点。

不知列车现在停靠在哪个站。

枕头边上有扇小窗户，片山拉开窗帘，却只看到空荡荡的站台。没法判断这里是哪里，站台对面也几乎不见灯火。

"坐夜行列车去吧。"如此提议的人是晴美。

招待他们去湖畔小屋的"荞麦面店外卖员"汤川笑子抢先说可以帮忙安排列车，晴美接着提出："我一直想坐一回能过夜的列车！"于是他们选择了夜行列车的卧铺。

卧铺车厢是两人一间的包厢。

片山和石津一间，晴美和福尔摩斯一间。

床铺其实比以前的卧铺车宽了不少，但以石津的体形，似乎翻个身就会掉下床。

包厢里还设有洗手间，对右脚骨折、行动不便的片山而言确实贴心。

片山打了个哈欠。

很困。住院期间一直躺着，他感觉自己仿佛睡了一年，如今一旦半夜醒来，很难再次入睡。

他打开手边的电灯，拿出湖畔小屋的介绍画册。

湖畔小屋名叫"雾"，位于山中湖畔。单看照片，是一家很有格调的酒店。

片山心想，快十一月了，山中一定很冷，反正不能在外面瞎转悠，不如去那里养伤。

"我得快点儿好起来。"片山自言自语。

每年岁末，搜查一科都会莫名地忙碌。并非年末一定会发生杀人案，而是世道不好，连努力工作的人都有可能焦躁上火——借了钱的要还债；多年没见家人的要回老家；有上顿没下顿的流浪汉也最怕岁末年初，因为所有店铺都会关门，再没有暖气可以蹭，对他们而言，这是攸关生死的大问题。

于是有人临时起意，把手伸向别人的钱包。

片山觉得能在这个年末得到休息真的很舒服，但他是特别较真的人，总觉得不能独乐乐。

虽说是骨折，但医生说他会好得比较快，一个月后就能复职。片山坐起身，拿出放在床下的拐杖站起来。

列车现在停驶，不用担心摔倒。他打开包厢的门探出脑袋。狭窄的过道上没有人影。

片山拄着拐杖来到过道里，靠着车窗向外眺望。

突然，"嗒嗒嗒……"伴随着一阵急促的脚步声，一个年轻女孩跑过来。

片山刚想返回自己的包厢，不料女孩试图强行穿过他腋下，一下子撞飞了片山的拐杖。

失去平衡的片山摔在地上。女孩也被拐杖绊得跌了一跤。

"好疼！你！别踩！"片山大叫。

"对不起！"女孩一边喘气一边爬起来。

"哦，没什么大事……不过，因为我的脚骨折了……"

"对不起！您能站起来吗？"

"啊，行吧……"

片山还在努力尝试站起来，旁边包厢的门突然开了。

"干吗？大半夜的。"晴美穿着睡衣走出来。

"喵——"福尔摩斯也探出脑袋。

"一起小小的相撞事故，"片山说，"借你的手一用。"

"真是的！你干吗不好好躺着？"晴美让片山搭住自己的肩膀，扶他站起来，"都怪你！这么窄的地方还出来？"

"咦，刚才的女孩呢？"

不知何时，女孩已不见踪影。

"走了吧？好像没见她带行李。"

"是吗？我没仔细看。"

晴美朝福尔摩斯问道："福尔摩斯，你看到了吗？"

福尔摩斯没出声，只打了个哈欠。

这时，过道里走过来一个男人，看模样五十多，近六十，但不像是出门旅游的。

和那个女孩一样，他手里也没有任何行李。

"喂！"男人粗鲁地大喊，"有没有看到一个女孩？"

"女孩？"晴美反问，接着回答："没有。"

片山觉得男人来者不善，不想告诉他女孩的事。

男人处于醉酒状态，满嘴酒气，眼睛充血，目露凶光，瞪着片山兄妹。

"是不是你们把她藏起来了？"

"我们干吗藏？"晴美不甘示弱，"你别没事找事！"

男人"哼"了一声，见晴美的房门留了一条缝，于是探头朝里瞅去。突然……

"喵！"

脚边的福尔摩斯大叫一声，男人吃了一惊。

"呀！这里怎么会有猫！"

"我们一起的。"

"一起的？"

"我们是恋人。"

男人听了晴美莫名其妙的回答，自讨没趣地走开。

"搞什么嘛！……看不懂。"

男人体格壮硕，看着像是体力劳动者。

"看年纪应该不是那女孩的爸爸。"

"不知是从哪一站上来的。"片山歪着脑袋不得其解。

"你现在还有工夫担心别人？还不快去睡觉！"

"知道了，"片山对福尔摩斯挥挥手，"晚安。"

福尔摩斯一脸睡眼惺忪，抬起一边的前肢轻轻一挥。

片山回床闭上眼睛。

耳边传来石津粗重的呼吸声，居然好似《摇篮曲》，让片山很快进入梦乡……

有了充足睡眠，再次醒来时，片山觉得神清气爽，身体感觉到列车正快速前进。他打开窗帘，外面完全亮了。

"喂，石津。"片山回头看去，石津还在熟睡，身体的大部分都在床外。

"你简直可以去练杂技了。"片山揶揄道，同时暗想：自己算是睡相好的，手脚都没伸出被子……

嗯？

片山突然看到被子外面有一条白嫩的腿。

怎么回事？

片山摸了摸自己的腿——确实还在被子里。

这条伸出来的腿是谁的？

怎么看都不是自己的。

片山掀开被子一看，顿时瞠目结舌。一个女孩正蜷缩着睡在片山的床上，伸在被子外的那条腿是她的。

这女孩……是昨晚在过道里和自己一起摔倒的那个……吃惊到恍惚的片山听到敲门声才回过神来。

"哥！起床啦！"

"知道了。你等一下。"片山下了床，用没骨折的左脚小跳步地来到门边，打开门锁。

"还在睡？石津！起床啦！再不起来早饭要没了！"晴美说，"咦？这是什么？"

"嗯……这个……那个。"

"是个女孩啊。"

"嗯。"

"怎么会在你床上？"

"我不知道。"

"怎么可能不知道？"

"真的不知道，是昨晚撞了我的那个。"

"她是那个时候钻进包厢的吧？"

"应该是。"

"你们一起睡了一晚！你怎么可能不知道？"

"我是醒来后才发现的。"

晴美叹了口气："你没对人家下手吧？"

"当然！她还是个孩子！"

必须说明，少女并没有裸露或只穿内衣，只是把昨晚穿的短外套脱了垫在身下。

"哥，你说完全没意识到，但只有我会相信确实有可能是这样，换成别人肯定不会相信你。"

片山乕听觉得很高兴，因为晴美相信自己。但转念一想：这似乎并不是什么值得高兴的事……

"总之先把她叫醒吧。"

"我不……你去叫。"

"真是的。"晴美虽然嘴上不乐意，但还是来到女孩身边轻轻摇了摇她的肩膀，"醒一醒。"

"对不起！别打我！"女孩尖叫着从床上蹿起，连滚带爬地逃至角落。

片山和晴美一时有些不知所措。

"早上好！"石津醒了，"睡得真舒服啊！"

"早！"

"喵——"

福尔摩斯在门边朝里张望。

"这是哪里？"女孩嗓音嘶哑。

"你昨晚自己钻进来的吧？"片山说。

"对不起！"少女终于想起，"我……一个人？"

"什么意思？"晴美坐在床边，"昨天有个男人在追你。"

"是我爷爷……我会被送回去吗？求求你们，不要把我交给警察。"女孩声泪俱下，"我自己会走，不会给你们添麻烦。求求你们！"

"你冷静些。"晴美点点头，"放心，我们不会强迫你去做你厌恶的事。"

"真的吗？"

"嗯，这是我们的包厢，你不用担心。"

女孩依然不安，怯怯地看着片山。

福尔摩斯悠哉游哉地走进包厢，"噌"的一下跳到床上，靠着女孩的膝盖坐下。

"这只猫是……"

"我们家的，算是我们家的一员，叫福尔摩斯。"

"喵——"

"请多关照。"女孩终于露出笑容。

福尔摩斯伸出前肢与女孩握手，似乎在说"请多关照"。

3 "雾"中的男人

听到"雾"这个字，晴美竖起了耳朵。

"哥。"

"什么？"

"我们要入住的酒店叫'雾'，对吗？"

"嗯，没错。"

晴美瞥了一下斜后方："好像他们也去同一家酒店。"

片山边喝咖啡边说："好巧。"又问女孩："早餐如何？"

女孩没回答。

餐车提供的早餐是炒蛋、土司和咖啡。女孩风卷残云般吃光自己盘里的食物，还用面包刮净了沾在盘子上的蛋黄。

"肚子饿了吧？"晴美说，"我早饭只吃土司，炒蛋你拿去吃了吧？"

女孩稍作犹豫，把晴美的盘子端到自己面前狼吞虎咽。

"慢点儿吃，小心肚子疼。"晴美一边说，一边心疼地看着女孩。

虽然还没工夫详谈，但他们已经知道女孩叫田所由香，今年十六岁，因祖父动粗而选择出逃。

由香是在昨天夜里列车靠站停车时趁列车长去洗手间的工夫溜上车的，她祖父也追上了车。

刚才片山兄妹邀她来餐车吃早饭时，她还非常害怕，担心祖父仍在车上到处搜寻。

片山向列车长表明身份，询问了"昨天夜里有没有看到一个六十岁左右的男人"。列车长说看到一个老年男子，但对方没票，已将其赶下车。他记得当时那男子骂骂咧咧的，不过他判断那男子在列车出站前已经离开车站。听了片山转述的这番话，由香这才放下心，跟着来到餐车。

最高兴的也许是饿得快晕倒的石津。

"肚子好痛！"刚吃光第二盘，由香就捂着肚子直叫。

"没事吧？我去给你拿点儿药来？"

"不用……第一次感到肚子疼得真好！"由香这番感慨听得大家五味杂陈。

"先别乱动……"

"再坐一会儿，应该没有其他客人来了。"

他们是在早餐时间即将结束时卡着点进来的，此时的餐车已经空出大半座位。

晴美悄悄地朝那桌提起"雾"的客人看去。

是个五十岁左右的中年男人，身上的羊毛外套一看就是高档货。头发白了一半，看气质像作家或画家……总之有艺术家的感觉。相对而坐的女人比他小很多，二十七八岁模样，一身利落西装，似乎下一秒就能立刻投入工作。

"到站后会有车来接您。"女人说，"他们一听老师的大名就立刻说'我们派车去接'……"

"不会让我在车站前等很久吧？"

"我去打电话确认一下。"

"嗯。"

老师？晴美觉得似乎在电视上看到过。

"啊，是他！"晴美终于想起来。

评论家神林浩树。那个女人应该是他的秘书。

不过，很明显，两人不仅仅是老师与秘书的关系。

晴美环顾四周，想看看还有没有别人。

"没吃过这么好吃的早饭！"如此感慨的当然是石津。

田所由香因空腹时猛塞下两大盘，已经肚子疼得直叫唤，听了石津的感慨，又忍不住笑得肚子疼。

"还好吧？"晴美笑着说，"要不回包厢去躺一会儿？"

"没事。不过石津先生说的感觉……我懂。"

"真难得。"片山乐呵呵地说。

"我还要再吃个面包，不然不走。"

"面包？"

"我听其他桌的客人说这里的面包可以畅吃，不吃会后悔一辈子。"由香这番话颇有石津的风范。

"我懂！"石津感动不已，顿觉找到了知音。

评论家神林浩树开口道："我再要一杯咖啡。浅井，你也再来一杯吧？"

"好。"浅井叫来服务生，"咖啡续杯，谢谢。"

又有一个女人走进餐车，对站在门口的经理说："我稍微来晚了，应该还可以进吧。"

语气完全不是在询问，而是"当然可以进"的架势。

"这边请。"经理只得客气地接待。

"还有一位马上就到。我嫌吵，给我找一张靠里的位子。"

"好的。"

晴美注意到与神林浩树同坐的女人突然脸色煞白。

"老师……您太太来了。"

"啊？"背对餐车门口的神林一开始不以为然，笑着转过头，"哟！亲爱的！你来这里干什么？"

神林顿时像缺氧的金鱼，张大嘴喘起粗气。

浅井站起身，不慌不忙地问候："神林太太，好久不见。"

"小瞳，真巧啊。"

"神林老师是受邀去酒店做演讲的。"

"哦，是嘛。亲爱的，你不是跟我说你去九州吗？"

浅井瞳代替神林回答说："那是下周的签名会。都怪我不好，没向神林老师交代清楚。"

"哦，是吗？我无所谓。"神林太太笑了笑，"不过，这种偶然还真挺有意思，是吧？"

"您坐这边吧。"

"不用，我和朋友一起。"神林太太说，"去哪里演讲？"

"一家叫'雾'的酒店，最近很受好评。"

"巧了！我们也住那里！"

"是吗？真的好巧……"

晴美佩服浅井瞳面不改色。

同一趟夜行列车，同一家酒店……怎么可能有这种巧合？神林太太一定是知道丈夫与秘书的私人旅行，故意制造巧合。

"那我丈夫就拜托你啦……哟，我的朋友也到了。"

一个穿了西装却看着不像商务人士的中年男人走入餐车。

神林太太朝中年男人招手："小野寺！你说巧吧，我丈夫刚好也在这列车上。"向神林介绍，"老公，这位是画商小野寺先生。关于画，我一直找他商量。"

"很荣幸。"小野递上一张名片，"我是阿尔法画廊的小野寺。"

"哦，你好……"神林一头雾水。

"这位是我丈夫的秘书，浅井瞳小姐，特别能干。我丈夫已经离不开她了。"

晴美注意到小野寺见到浅井的一瞬间面露惊诧。

"我叫浅井。"鞠躬行礼，抬头看到对方时，浅井也顿时脸色发白，"您……好……"

"我们去里面那桌吃早饭。我一开始还担心在夜行列车上睡不好，结果睡得特别香，现在肚子已经咕咕叫。"神林太太边说边和小野寺朝里桌走去。

"浅井……"

"交给我。您什么都不用担心。"浅井小声说话的语气完全不像个秘书，"我再去订一间房，一个人住。您和您太太住一间。"

"嗯……但……那是蜜月套房……浪费了……"

"来日方长。"浅井瞳露出微笑,随即恢复秘书的表情,"我去给酒店打电话。"起身暂时离开。

片山也看出端倪:"有点儿微妙嘛。"

浅井瞳拿着手机走出餐车。

"有好戏看了。"晴美坏笑了笑。

"喵——"

"福尔摩斯也觉得有趣,是吧?"

"别这样。我的骨折还没完全好。"片山皱眉,"真要发生什么事,会很头疼。"

"该来的总会来,管你有没有骨折。是吧,福尔摩斯?"

一旁听着的由香笑了:"我还是第一次遇到这种情况。"

"什么情况?"

"对将要发生的事充满期待。以前我每天早上都害怕夜晚到来,甚至希望如果没有明天就好了。没想到遇见你们,感觉你们每天都活得很有趣。"

"不是每天都有趣,"片山更正道,"是我妹妹瞎起劲。"

"反正要发生,不如以有趣的心态去面对,这样才会感觉赚到了。"晴美说完起身离开,"失陪一下。"

"她这个人就是好奇心太重!"片山叹气,"由香,你千万别学她。"

"为什么不学？我崇拜她！"片山的忠告来得太迟了。

"是的，抱歉，请再加一间……随便什么房型……拜托了……来车站接，没问题吧？"

浅井在餐车外的车厢连接处打电话。

"借过……"晴美假装朝洗手台走去。

她竖起耳朵听浅井瞳打了另一通电话。

"喂……是我……我说了，你别吓着……现在因为工作，正在列车上……"

这次的语气听起来对方应该和她很熟。

"嗯，是那家叫'雾'的酒店，你知道吗？……对哦，你因为工作关系，肯定听说过。我在去酒店的路上。刚才在餐车里遇到那个人了。"

浅井说"那个人"的时候有一种"事关重大"的语气。

电话那头似乎沉默很久。

"喂？喂？……听得见吗？……是的，那个人也住同一家酒店。你来吗？……要住好几天……到时候见……确定行程后打我这个号码。如果我没接，记得留言。挂了。"

浅井说完，对方似乎还没挂。

"嗯，当然啦。如果这次错过，不知道以后什么时候才能再见……包在我身上。一定不会让他跑了。"

　　说这话的浅井与作为秘书与神林说话的她判若两人。

　　站在洗手池前的晴美故意把水声弄得很大。一边用手帕擦手一边朝餐车方向走回，正好撞见浅井关上手机。

　　两人视线交会。"您是带猫上车的那位吧？"浅井瞳切换至稳重得体的秘书模式。

　　"是。"

　　"一只漂亮的三色猫，对吧？我家以前也养三色猫……"

　　"和您一起的是神林浩树先生吧？经常在电视上看到。"

　　"是的，我是他的秘书浅井。您也要入住'雾'酒店？"

　　"是。您怎么知道？"

　　"酒店方面说有一位带猫的客人和我们坐同一趟列车。"

　　"我们要住的是同一间酒店？好期待。"晴美笑着说，"我叫片山晴美。和我一起的那个骨折的是我哥。"

　　浅井瞳露出不自然的笑容："您刚才看到了吧？神林……"

　　"嗯，有所耳闻。"

　　"神林老师在他太太面前一直抬不起头。难得有机会出来旅行，本想喘口气……但其实他太太早就看穿了。"

　　列车稍稍有些晃动。浅井瞳扶了一下边上的把手。"我得快点儿回去，老师肯定在担心了，"她笑着说，"身边没人，他什么都做不了。"

"电视上的他一直是自信满满的样子。"

"他是连穿什么袜子都无法自行决定的人。先告辞了，酒店见。"浅井快步走回餐车。

4　早晨

走进酒店餐厅，须田希江突然停下脚步。

跟在后面边走路边看晨报的须田康广差点儿撞上女儿。

"别突然停下呀！"

希江稍稍歪了歪脑袋："这首曲子……"

"曲子？"

晨光照入餐厅，轻柔的旋律流淌着。

"是《早晨》，格里格《贝尔金特》里的一首……中学在管弦乐队吹过长笛，这首曲子练了很久。你不记得了？"

"是哦，难怪觉得耳熟。"

一个模样挺稳重的服务生走过来。

"须田先生，早。"

"早。请给我老位子。"

"当然，已经为您准备好了。"服务生在前面带路。

"和以前一样，我夫人稍微晚点儿过来。"

"好。您要咖啡，千金要奶茶，对吗？"

"是。谢谢。"希江笑着说。

两个人坐在正对湖面、邻靠大窗的位子。

"今天早上又有雾。"希江说，"难怪这里叫雾。"

"这里的地形，很容易起雾……"须田点点头，"股票一直没涨嘛。"他看看报纸摇了摇头。

"妈妈今天早上会选烤薄饼。"

"为什么？"

"她总是每天轮换选土司和烤薄饼。"

"是吗？"

"您没发现？这可不行哦，亏您还是她丈夫呢。"

须田苦笑道："我只知道她每天早上要泡澡。"

"她是很较真的人，每天必须做同样的事，不然不舒服。"

"每个人都不一样。我每天变来变去，无所谓。"

"作为你们的女儿，我到底更像谁呢？"希江说着，调皮地笑了。

"让您久等了。"服务生端着饮品走过来。

"饭泽，你觉得我更像爸爸还是妈妈？"希江问。

"我觉得都像。额头像父亲，嘴角像母亲。"

"啊，你真是都不得罪。"

"希江，不能对大人这么没礼貌。"须田苦笑道。

"今天会来很多客人。"服务生问，"晚饭还是老时间？"

"对。看来今晚会很热闹。"

"人多更开心。"希江说着往红茶里倒了很多牛奶。服务生走开了。

"你居然知道他的名字？"

"他胸口有写了'饭泽'的胸牌。"

"哦，但我一般不会去看。"须田略佩服地看着女儿。

大约十五分钟后，两人正吃着早饭，伸代来到餐厅。

"早上好。"饭泽问候伸代，"先生和千金在老位子。"

话音刚落，伸代、须田和希江互看了对方。

"早上真安静。"伸代落座后问，"昨晚有电话吗？"

正往面包上涂黄油的须田停了手："没有。怎么了？"

"是嘛。我半夜醒来一次，觉得好像电话响过。"

"是错觉吧。"须田说。

"会吗？啊，谢谢。"伸代对为她倒咖啡的饭泽说，"今天早上也好安静。"

"今天会有很多客人过来。"希江说。

"哦，是吗？下午才到吧？"

"上午到。"饭泽说，"他们坐夜行列车过来。"

"原来如此。"

"评论家神林浩树也会过来，可能还要演讲。"

伸代有些走神："谁？"

"在他面前可别这么问。"须田笑着说，"他会很受伤。"

"我在电视上看过。"希江说，"不知会不会有明星过来，比如带着地下恋人秘密旅游。"

"真有这种客人的话，肯定没法'秘密'。"

先吃完早饭的希江透过窗玻璃眺望白色湖面。

这里的雾早上会将湖面包围，快到中午时不知不觉消散。

"那边好像有什么。"希江说。

须田和伸代自顾自地聊天，似乎没听到。

"有船。"希江说。

"什么？"须田问了一句。

"雾中……您也看见了吧？"

"船？在哪里？"

"看不见吗？就在那里！淡淡的……"

那东西虽然速度很慢，但确实正在朝岸边靠近，不一会儿，随波摇曳的小船清晰地出现在众人眼前。

"啊，看见了。"

"才看见？"

"别这么说嘛，我是老花眼。"

"船上没人吧？"

伸代说完，开始用餐。希江牢牢地盯着那艘船。

"不会吧……"希江喃喃自语，"骗人的吧。"

"怎么了？喂，希江！"

须田想叫住离开座位向外跑的希江。

然而希江已经冲出餐厅。

"怎么回事？"

"不知道……"

伸代事不关己，继续吃饭。

跑出餐厅的希江穿过酒店大堂，朝擦拭玄关玻璃门的服务生说："抱歉，请跟我来一下！"

"啊？"年轻的服务生抬起头，他认得希江，"您早。"

"早！快，跟我来！"

"去哪里？"叫河合的服务生看着往外冲的希江，有点儿被吓到，但还是匆匆忙忙地追上去，"您等一下！"

希江朝湖的方向跑去。

清冷的空气包裹了全身。

"等一下！"服务生河合追在后面，"怎么了？"

"船！"

"啊？"

靠了岸，小船像被拴住似的不再行驶。

"船上没人吧？"

"我一开始也这么以为，但刚才的一瞬间，我看到了。"

"什么？"

"人的手！"

河合听了，目瞪口呆。

"怎么可能……"

"往船里看一下就知道了。"

希江朝船走去。

"您的鞋会湿的。"河合说。

希江毫不在意，径直走到船边朝里探头一看。

里面的景象超出她的想象。

"须田小姐！"

"快去拿毛毯！"

"毛毯？"

"快！"很难想象十四岁的女孩说话如此有魄力。

"好的！"河合说完赶紧跑回酒店。

希江朝船内看去。

一个年轻女子躺在里面，呈昏厥状态。肌肤在寒冷的空气中更显苍白，整个人一动不动。

全身赤裸。

希江伸手碰了一下。肌肤湿漉漉的，头发也湿湿的，贴在头皮上。

希江知道她还活着，因为听见了辛苦的喘息声。

是投湖？但为何全裸躺在小船里？

河合拿来了毛毯。

"这种行吗？"

"谢谢。"希江用毛毯盖住她身体。

"怎么回事？"河合朝船内一看，眼珠都快弹出来了。

"总之用毛毯包着她送回酒店。再不救治肯定会冻死。"

"好！"

河合按照希江的吩咐想抱起女子……

"呃……好重……我再去叫个人来！"

看着河合的背影，希江叹气："真没用……"

列车驶进站台，卧铺车厢里一下子热闹起来。

"哥，你先下车。不指望你搬行李。"晴美冷冷地说。

片山听话地拄着拐杖下车来到站台上。

他突然失去平衡，"哇哇哇……"叫着，快摔倒了。

"小心！"扶住片山的是由香。

"啊，谢谢你。"片山说。

对了，该拿这个女孩怎么办？

离家出走的十六岁少女……原本应该联系她的家人，然而，如果她本人说的都是真的，送她回家无疑是羊入虎口，逼她再次落入祖父的阴影。

"片山先生，求求您，带我走吧。"由香直勾勾地看着片山。这种视线对片山特别起作用。

"如果不能跟您走，我就一个人浪迹天涯。"

"去哪里？"

"不知道……总之不能回家，否则一定会被杀。"

片山叹了口气："好吧，大家一起想想办法。这阵子你先跟我们一起。"

"谢谢！"由香飞扑向片山，在他的脸颊献上一吻。

"有空亲我哥，不如帮忙拿行李！"晴美双手提着行李包。

"好！"由香跑向晴美，接过她手里的包，"片山先生说我可以跟你们一起。"

"是吗？他对可爱女孩没有招架之力。"

"喵——"

"唉，你别乱说哦。"片山的抗议声被纷纷下车的乘客的喧哗声淹没了……

由香这臭丫头！

愤怒令他浑身发抖。

你以为能逃走？

田所茂俊在距离高价位包厢很远的车厢下了站台，远远地看着孙女由香吻了一个拄拐杖的高个子男人。

昨晚，他看着由香跑上这辆列车，于是跟着溜上来。

虽然一度被列车长抓到赶下车，但出了车站又绕到后面的车厢偷偷上了车。每次看到列车的工作人员，他都躲进洗手间或在车厢连接处假装是出来透气的乘客，蒙混过关。

他本想找个空卧铺钻进去睡一会儿，但整晚都在躲列车员，只在过道里的纸箱上靠坐了一会儿。虽然腰酸背痛，但事实证明他的预感没错，由香确实在这趟车上，这让他有所满足。

现在，田所下到站台上，本想当场去抓由香，但毕竟是逃票乘车的，怕动作太大，惹人怀疑。

更何况由香身边不止有那个拄拐杖的男人，还有好几个人在一起。现在肯定没法强行带走她。

不过田所没有一丝一毫要放弃的念头。

由香，臭丫头，走着瞧。

站台上，视线豪无遮拦，他能清楚地看见由香。反之亦然。于是他赶紧找到个栅栏坏掉的地方钻出去。

听到爽朗的笑声，他忍不住回头望。

是由香的声音，以前她一直这么笑。

但是……

田所觉得心痛。

由香这臭丫头，趁我不在，居然笑得这么欢快！绝不允许！不可饶恕！

"走着瞧！"田所看着那几个人上了一辆中巴。

看样子是去同一间酒店，由香也上了车。

"别得意得这么早。我一定会找你，走着瞧。"

田所朝开走的中巴挥了挥拳头。当然他挥到的只有空气。

5 舞台

"您是片山先生吧？"

坐中巴来接他们的大个子男人与片山所救下的汤川笑子长得非常像。

片山好不容易落了座，男人就朝他走来："我叫汤川，是笑子的爸爸。"他伸出大手，用力握了握片山的手。

"您好，谢谢您邀请我们……"

"您是我女儿的救命恩人。请不要客气。"

汤川个头大，嗓门也大。坐在中巴里的神林浩树与妻子佐知子、秘书浅井瞳和画商小野寺都听到了他的话。

"神林老师，我是'雾'的老板，叫汤川。"他假装完全没留意神林板着脸，"像您这么德高望重的老师愿意纡尊降贵，实在是我们的无上荣幸。"

这几句文绉绉好似书信体的措辞让神林老师稍微有了面子，他点头说："嗯，请多关照。"

评论家原本以为会有专车去接自己，没想到和普通客人一起挤中巴，因此刚才一直在怄气。

"我们为您准备了特别宽敞的套房，接下来请好好享用。"

"是嘛……确实想暂忘俗务，舒展一下筋骨。"

"您这么忙，还特地抽空大驾光临，真的非常感谢！"汤川继续恭维。

"夫人也一起来了。"浅井瞳说，"抱歉，多嘴问一下。"

"什么事？"

"您刚才说那位客人是您女儿的救命恩人？"

"是，他是警视厅搜查一科的片山刑警，是他把我女儿从嫌疑人手里解救出来的。"

汤川的回答令车内所有人齐刷刷看向片山。

过了一小会儿。"哟，原来是刑警。"神林的妻子佐知子说，"看不出来嘛。"

有些人总会对他人的失礼言语特别敏感，却意识不到自己的失礼。佐知子就属于这种类型。

"脚上的伤是那时候弄的吧？了不起！"浅井感叹道。

片山当着汤川的面，不好解释什么。

"我是他妹妹片山晴美。"晴美起身自我介绍，"趁此机会介绍一下我们的同伴。这是我哥的同事石津。这是我们片山家的一家之主福尔摩斯。"

"喵——"福尔摩斯大大方方地向各位问好。

"还有，"田所由香也站起来，"我是临时加入的野丫头田所由香。"

"请多关照。"佐知子点头致意，"这是我丈夫神林、他的秘书浅井瞳。我叫佐知子。这位是画商小野寺。"

"大家好……"小野寺点头问好时给人感觉有点儿猴急。

"看来接下去的几天会很开心呢。"佐知子说。

"请诸位放松心情，尽情享受。"汤川说，"再过十分钟就到了。"

中巴穿过红叶，碾压着零落的枯叶驶上山路。

"耶，好兴奋啊。"石津说。

"是吗？"

"不知道等待着我们的会有什么样的美食。一想到这里，就兴奋不已……"

片山默默地看向窗外的树林。

林间白雾缭绕，此时还是早上。

感觉这一天会很漫长。

"看到了，"汤川说，"那就是'雾'。"

汤川的语气里有以这一瞬为荣的自豪感。

白色的建筑物出现在雾中，与之前汤川笑子送给片山的宣传册上的照片似乎有微妙的差别。

宣传册上的彩色照片里是一栋小巧、纯白的建筑物，实物却是灰白色，有历经沧桑岁月的沉淀感。

"这里以前是贵族的别墅，几经改建、装修，现在的酒店外观保留了原有的风格，只在内部配备现代化设施。"汤川自豪地说，"相信诸位一定会满意的。"

说话间，中巴停在了建筑物前方。

"欢迎来到'雾'！"汤川说，"诸位不用拿行李，有工作人员来服务。"

"你先。"晴美等其他乘客都下了车，让拄着拐杖的片山走在自己前面。

呼出的气都是白的。冷气来自山与湖。

"这地方真好。"晴美说。

"嗯……"片山看着波光粼粼的湖面。

"快进屋吧，别感冒了。"晴美催促道，"在干吗啊？"

"哦……在想事情。"

"什么事？"

"千万别发生什么事就好了。"

晴美笑着说："怎么可能？我们所到之地必有案件。"

"别说这种不吉利的话……"片山几近悲鸣了。

"哇，里面好大。"走进酒店大堂的佐知子说。

拄着拐杖的片山庆幸脚下不是大理石地砖，而是木地板。

酒店大堂面积不大，但因挑高设计，看起来空间感十足。

"请大家在前台填一下住宿登记卡。"汤川说。

"你去写一下。"片山说完，走向前台对面的长凳坐下，呆呆环顾四周。

酒店大堂的墙上有一幅画。光线不太充足，多少有些昏暗，反而让画中的女性看上去像活人般在呼吸。

是个穿紫色套裙的优雅老妇人。头发全白了，像在闪光。稳重、温和的视线如在守护着来到这家酒店的每一位客人。

"这幅画真棒。"片山并非美术行家，但他的上司栗原警视——也是搜查一科的科长——爱好画画，经常对片山说：

"最近正在办展，你去参观一下。"

"做刑警的一定要有审美品位与教养。"

……

在诸如此类的指导下，虽然心里不情愿，但片山还是去看了各种展览。在此过程中，他渐渐学会了如何判断佳作。

肖像画是比较容易分出优劣的，但正因为如此，画出好的肖像画非常困难。

这幅画的模特是谁？片山饶有兴致地盯着画，脚边的福尔摩斯悠然地朝画走去，然后回头看了看片山。

"你叫我走近些看？在这儿已经看得很清楚了。"

福尔摩斯不睬片山说了什么，继续叫着催他。

"知道了。"片山嘴上抱怨，身体还是很听话地拄着拐杖向肖像画走去。

"这幅画怎么了？"

"喵——"

叫我仔细看？

片山走到近前，盯着老妇人的肖像画仔细观察……

"好了，"晴美走过来，"你和石津不用跑上跑下，房间就在一楼最里面。"

"嗯……"

"怎么了？"

"我在看这幅画。"

"我知道……哥，你不会也要说'我想画画'吧？"晴美真的有点儿担心。

"不是。你仔细看这幅画，没看出来？"

"这幅画？画里的妇人很高贵。怎么了？"

"这不是一幅普通的画。"

"什么意思？"晴美这才仔细地观察这幅画。

"喵——"福尔摩斯叫了一声。

"明白了！没有画框！"

"没错！"片山点点头，"从远处看，这是一幅镶嵌在画框里的普通肖像画，但是走近了看……"

"画框是画出来的！太高超了！像是挂在墙上的。"

这幅画，包括画框在内，都是直接画在墙上的。

"二位看出来了？"

"太厉害了！"

"画中的妇人是谁？"晴美问。

"这栋建筑物的原主人，笠木广三郎先生的夫人，名字好像是久子。"

"笠木广三郎……"片山皱了下眉头。

"这幅画是笠木广三郎先生亲笔画的。"汤川说。

"他是画家？"

"他曾有志成为画家，但因不得不继承家业而放弃了。业余时间一直坚持作画，在圈内颇有名气。"

"这幅画是……"

"夫人过世后，他含着悲痛将其画在了墙上。"

"原来如此……"

"笠木先生打算出售这栋建筑时，唯一的条件是保留这幅画。"汤川说。

　　笠木……笠木广三郎。

　　片山觉得在哪里听过这个名字。

　　记忆中，似曾相识。

　　"他一定很爱自己的太太。"晴美说。

　　"真是一段佳话！"不知何时，田所由香走到他们边上。

　　"行李都给您送进房间了。"年轻的服务生走过来说。

　　"啊，河合，这位是片山先生，笑子的救命恩人。"

　　"我听笑子小姐提过您。"

　　"笑子该起床了吧？回来后每天睡懒觉。"汤川苦笑道。

　　说曹操曹操到。

　　"片山先生！我等了您好久！"笑子正好走了过来，"床铺怎么样？"

　　"很舒服。"

　　"太好了！我让他们给您的房间换了新地毯，打扫得特别干净。"

　　"那我们去房间吧。"

　　"我给您带路。"笑子走在前面。

　　"走吧。"晴美催促由香。

　　"老板，我有事禀报。"河合叫住汤川，"刚才湖里有一艘小船。"

"小船？这个时节湖里怎么可能有船？"

"不是我们的船。"

"别管了，估计是从哪里漂来的。"

"但是……船里有个人。"

"有人？"

"对，一个年轻女人……"

晴美忍不住驻足聆听。

"女人？"

"是须田小姐发现的。我当时也吓了一大跳……"

汤川一边听河合汇报，一边朝前台旁的里屋走去，晴美没能听到后面的对话。

"晴美姐！"走在前面的由香回头，"怎么了？"

"没什么。"晴美说，"我们去看看房间吧。"

6　预告

"女人？"

听了希江的话，须田反问道。

"希江，那是……"

伸代还没说完，"我也不知道。"希江耸耸肩，"但肯定不正常。"

"是啊……小船里有个女人？"

"还是赤裸的。"希江补充道，"刚才把她送去服务生河合的房间里躺着，还叫了医生。"

三人陷入沉默。

吃完早饭，回到房间，希江把关于小船的事告诉两人。

"你怎么看？"

"我不知道。"

"我觉得一位裸女不至于袭击我们。"希江说。

假扮的一家人中，十四岁的希江似乎最有主见。

"总之，我们仨做好自己的事。彼此多留心一点儿。"须田说，"睡觉的时候，中间的隔门别上锁了。"

伸代与希江面面相觑，一脸狐疑地看着须田。

"哎！我可不是有什么龌龊的念头哦，只是觉得万一遇袭能马上逃到隔壁。"须田强调道。

此处需要说明一下。须田三人订了相邻的两间房，中间有一扇隔门，算是组合式的套房。较大的卧室表面上是须田和伸代的，另一间给希江住。但实际上，须田单独睡一间，伸代与希江同住。

希江的房间是小套房，里面有两张床。睡觉的时候，伸代和希江把隔门上锁。虽说是假扮成夫妇，但伸代觉得如果和须田睡一间房，难保他不会起色心钻进自己的被窝。

"我又没说一定不锁门。"须田有些委屈。

伸代笑着说："对不起，不是不相信你。但……不知该怎么说才好……"

"只是怀疑嘛。"希江替伸代说，"我都无所谓，量你也不敢过来。你若真那样做，就是犯罪。"

"当我是变态啊！"须田越说越气。

"算了算了。"伸代做起了和事佬，"晚上睡觉的时候再决定吧，不用着急。"

希江走向隔壁房间。

须田苦笑道："这孩子真有想法。"

"太像个大人了，以前一定吃了不少苦。"伸代说，"希望不要伤害到这个孩子。"

"我们仨一起努力！"须田说。

"今天要去镇上吗？"

"嗯，借辆车吧。"

所谓镇上是距离车站很近的小镇，有超市，可以买点儿东西。一整天待在湖畔别墅会很闷，他们有时会向酒店借辆车去镇上。须田打电话给前台借车，希江回到他们这边。

"开车去镇上怎么样？"须田问。

希江盯着一张便条状的纸。

"这是什么？"

"刚才在门缝里找到的。"

"写了什么？"须田接过便条打开一看。

小心！很快会发生第一件案子。

看上去字迹潦草，其实是刻意隐藏笔迹。

伸代也凑过来看。

"啊……"她皱了皱眉头，"有人盯上我们了？"

"没办法。那个声音一开始就说过了。"希江很坦然。

"只能多当心一点儿。要不别去镇上了？"

"去，我要买东西。"

"好吧。躲在房间里也未必安全。"

"那我准备一下。"伸代说。

"会不会是今早坐夜行列车来的人？"希江说。

"是哦……但听说来的是评论家和刑警。"

"警察未必是好人，"希江表情严肃，"刑侦剧里经常会有坏警察。"

"你看太多电视剧了。"伸代笑道。

"我也去准备一下。"希江走回隔壁房间。

"糟了，"晴美打开化妆包，"忘了带洗发水。"

由香在洗手台前说："酒店会提供的呀。"

"我有用惯的牌子。这里没有小卖部吧？"

"好厉害！"由香说，"连洗发水都要用固定的品牌。"

"是啊，现在的年轻人不都是这样吗？"

"在东京也许是。"由香说，"经常听同学说'那家的护发素很好''润唇膏还是这家的好'之类的。"

"你呢？"

"从不，毕竟我爷爷……完全不让我买奢侈的东西，哪敢想什么洗发水，他总说'用肥皂洗洗就行了'。"

"是嘛……你接下来要怎么办？我们得好好谈谈。"晴美拍拍由香的肩膀，像是在为她打气，又说："我们给前台打个电话。"

"哇！有猫！"希江说。

须田来前台取走了车钥匙。

"须田先生，"河合叫住须田，"刚入住的片山小姐也想去买东西……能否和您一道？"

"片山？"

"那位东京来的刑警的妹妹。"

"哦……你们怎么样？"

伸代说："一起吧，没关系。"

"嗯。"

希江抚摸着优雅地躺在大堂沙发上的三色猫。

"福尔摩斯？是名侦探吗？"希江乐呵呵地说。

福尔摩斯抬头看着希江。

希江心里莫名"咯噔"一下。与这只猫对视一眼，就感觉被看穿了。但这种感觉没什么不好，猫的眼神非常温暖。

"福尔摩斯，你在这里啊。"猫主人走过来。

"您可以搭须田先生的车。"河合对晴美说。

晴美向须田一家道谢，然后问福尔摩斯："你去不去？"

"喵呜——"作答的不是福尔摩斯，而是跟来的由香。

"加上我们，可能会比较挤，没关系吗？"

"可以在后面坐三个人，猫咪躺在膝盖上。"伸代说。

"不是很远。走吧。"须田晃了晃车钥匙。

车子由河合开到酒店正门。

须田负责驾驶，伸代坐副驾驶座，后排中间是由香，晴美和希江靠门。福尔摩斯稍作犹豫，选择躺在希江的膝盖上。

"哇，好暖和。"希江非常高兴。

"出发。"须田踩下油门。

车子开动后，河合站在酒店门前，目送大家并鞠躬致意。

"请多关照。"

浅井瞳低下头。

"好说，我懂。"汤川点点头，"著名评论家大驾光临，能听他演讲是我们的荣幸。"

"抱歉，我们擅作主张，给您添麻烦了。"

前台里侧的办公室内，汤川和浅井说了会儿话。浅井瞳离开后，笑子从隔开办公桌和沙发的屏风后面探出脸。

"让我躲在后面不出声，快憋死了。"

"你都听到了？"

"肯定啊。你不是让我老实待着嘛。"

"因为她说有事找我商量且必须保密。成年人的世界比较复杂。"

"我已经二十七岁了。你们说的我都懂。"

"那位评论家也够可怜的，好不容易与可爱秘书来这里享受二人世界……"

"他太太都知道了吧。"

"当然。所以浅井才会临时谎称'酒店邀请他来演讲'。"

"她来是为了让你帮她圆谎吧。"

"嗯。她希望我帮忙证明是我们主动邀请的。虽然评论家的夫人早已看破，只是要面子，但好歹算个借口。"

"和他太太一起来的那个是画商？"

"好像叫小野寺，但怎么看都觉得是冒牌货。"

"我也讨厌他。还是防着点儿。"笑子皱眉，"难道他是评论家夫人的情人？"

"怎么可能？他们从一开始就订了两间房。"

"那为什么带他来？"

"等一下。"片山打开抽屉取出名片，"这是小野寺的名片，阿尔法画廊。电话号码留的是手机，很可疑呢。"说着摇了摇头。

"啊，对了，我该去给片山先生送饮料了。"笑子说，"有咖啡吗？"

"饭泽会煮的，请片山先生品尝我们这儿的上等咖啡。"

"好！"说着朝门外走去。

"记得让河合做一张神林评论家演讲会的海报贴出来。"

"嗯，具体内容写什么？"

"去问浅井。河合很擅长干这个。"

"好。"笑子来到大堂，看到河合正在清理烟灰缸。

"河合，过来一下。"

"哦。"

"拜托你做张海报。"

"海报？包在我身上！"

河合擅长制作可爱的通知或海报。

笑子来到厨房，吩咐饭泽煮咖啡。

"被救的女人怎么样了？"她问河合。

"医生看过后说没大碍，应该没事了。现在还睡着。"

"是吗？她需要衣服吧，我的太大，她穿不行。啊，应该拜托须田先生顺便买一下的。"

"是哦，我给超市打个电话。"

"我来打吧……真香！"

浓郁的咖啡香气渐渐四散开来。

7　影子

　　这里的商品比原先想象的多。

　　晴美原本只想买瓶洗发水，但她把这个放进购物篮，那个也突然想买，结果装了满满一篮子。

　　"买东西真开心。"由香说。

　　福尔摩斯跟在晴美和由香身后。

　　"没错。"晴美说，"须田一家去哪里了？"

　　超市共三层，一楼是食品，二楼是杂货，三楼卖服装。在这么小的镇子上，这里算百货店兼超市了。

　　"他们刚才要去三楼。"

　　"是吗？那先把这些去买单。"

　　收银台没有排队，店员看起来无精打采。

　　"由香，你先去三楼吧。"

　　"好。"

　　"你也去买几件衣服，住酒店好替换。"

　　"嗯。"

　　由香本想找扶手电梯上三楼，但看到洗手间就在楼梯边上，于是决定先去洗手间。

福尔摩斯在没有顾客的卖场漫步参观。

由香在洗手间洗了手，长长地吐出一口气，看着镜子中的自己，却瞥到洗手间入口处有人影晃动——是她熟悉的身影，顿时吓得脸色惨白。

是幻觉！一定是幻觉！

她用力甩了甩头，然后回头看。

门口没有人。

刚才那个……是什么？

难道只是以为看到了？

还是……

由香朝洗手间外探头张望。

"怎么了？"晴美提着大袋子走过来。

"晴美姐，你刚才看到谁了吗？"

"没啊。谁？怎么了？"

由香吐了一口气："没什么。"

"我们去三楼吧。"

"好。"

由香和晴美一起走楼梯上去。

那个人影——不可能看错，是祖父田所茂哉。

由香的后背直冒冷汗。

即使那人影并非现实，祖父的愤怒与怨恨也追了过来。

那个人影仿佛在笑着说："你逃不出我的手掌心。"

上到三楼，晴美和由香看到须田一家正在结账。

"走，去买你穿的衣服。"晴美说。

"我穿什么都行。"

"那可不行。一样要花钱，肯定得挑合适的。"

"可我完全不懂。"由香一脸犯难。

希江自告奋勇："我来帮你挑。"

"对哦。你们年纪相近。"晴美说，"去挑吧。记得多买几套替换的内衣。"

"好，走吧！"希江兴奋地拉着由香在各个柜台转，俨然是去新宿或原宿。

"您女儿真的好能干。"晴美说。

"嗯，不像她父母。是吧，老公？"伸代说。

店内响起广播——"须田女士，须田伸代女士，有您的电话。"

"嗯？"伸代与须田面面相觑。

伸代前往收银台接听电话。

晴美有一种奇妙的感觉。

在商场里被叫去听电话已经很意外，更让她吃惊的是，那一瞬间，伸代与丈夫的眼神交流透着紧张气息。

接过电话的伸代说："是酒店的汤川小姐啊。"边说边露出释然的笑容。须田脸上的如释重负更明显。

这两个人一定对某件事心存焦虑。为什么？晴美略有所思地看向正在挑衣服的希江和由香，却见希江也正一脸担忧地看着接电话的母亲。

见伸代露出笑容，希江才转过头，一边拿着衣服一边对由香说："这件适合你。"

不止须田夫妇，包括女儿在内，三人有着共通的不安。

伸代接完电话走回来说："是酒店老板的女儿打来的。说要我们给希江搭救的船上女人买些衣服。"

"啊，是吗？我还以为有什么事呢。"

须田并不擅长掩饰。

"让我们买，合适吗？我们不知道她穿什么尺寸。"

"随便比一下，差不多就行。"

"又不是买菜，怎么能随便？希江！"伸代朝女儿走去。

"女人买衣服真的好麻烦。"须田笑着说。

"是啊。"晴美点点头，接着假装随口问道，"希江最近不用上学吗？"

　　须田明显有些慌。

　　"哦，这个啊……那孩子身体不太好，不过没大碍。"

　　"看起来很精神啊。"

　　"嗯，是很精神。但……对了，那个……神经方面有点儿问题。"

　　"她长期不上学？不过这年头也不稀奇。"

　　"是啊。我们觉得她还是静养一段时间比较好。"须田总算把晴美的问题应付过去，松了口气，但对于"长期不上学"这一随口说出的设定是否妥当又心存忧虑。

　　晴美觉得这一家人有特别的隐情。

　　"那我去试试。"由香拿起希江为她选的几件衣服走进试衣间。她拉上门帘看着镜子里的自己：我适合穿可爱的衣服吗？

　　由香很犹豫。

　　"怎么样？"试衣间外的店员问。

　　"啊，稍等一下。"由香慌张地换上衣服。

　　"我穿这种行吗？"

　　年轻女孩款式，浅色系，是可爱的风格。

　　由香从没穿过这种衣服。

"怎么样？"希江问，"穿上了？"

"嗯……"

由香拉开窗帘。

希江立刻开心地说："很适合你！好可爱！你们看，是吧？"伸代、晴美和福尔摩斯一起走过来。

"不适合我吧。"由香害羞地说。

"不！非常合适！"晴美点点头，"希江的眼光真好！"

"是吧！"希江得意地说，"另外几件也试穿一下。"

由香被催得换了一件又一件。

"每件都很好。"晴美说，"先在这里面挑两套吧。"

经过希江、晴美和福尔摩斯商量讨论，最后选了两套。

"您换好后叫我一声。"店员再次拉上门帘。

"这样好吗？真的可以吗……"不认识的人为自己服务，爷爷肯定会骂"太不像话了！"，但是……现在就撒会儿娇吧。

由香脱下新衣服，轻轻地放在一旁的椅子上。

突然，她听到一个声音："你逃不掉的！"

"爷爷？"由香吓得不能动弹。

但之后没有再听到那个声音。

"请问好了吗？"店员问道。

由香这才回过神来，回答说：“对不起！稍等一下。”

“打扰了。”

门开了，一个穿围裙、看上去很优雅的中年女人走进来。

“你好。”片山从床上坐起。

“抱歉在您休息的时候打扰您，我是来换毛巾的。”

“啊，谢谢。”片山说，“不用整理床铺。”

“好。您好好休息。”女人走到堆放毛巾的手推车前，“等您去用早餐的时候再为您整理床铺。”

“哦……”他才住进来，毛巾还没怎么用过，于是只换了两条擦手巾。

“打扰了。”女人低头致意，“您是救了笑子的刑警吧？”

“嗯，是……”

“大家都夸您太勇敢了。”

“哪里，那是我的工作。”片山有些害羞。

“像我这种只会打扫、换毛巾的，不可能豁出命去救谁。”

“那是肯定的……”

“抱歉，我多嘴了。”女人有些害羞地红了脸。她年纪在四十岁左右，却有少女般的纯情。

“我是客房部的林寿美江。有什么需要请随时叫我。”

"好。谢谢。"

"我是包吃包住的工人，一直住在酒店里。"

"你住在酒店里？"

"是。"林寿美江笑着说。

"妈！"一个女孩跑进来，看看片山，"你的腿怎么了？"

"秀子！不能这么对客人讲话！"

"没事。"片山笑着说，"是您女儿？"

"是的，她叫秀子。快打招呼呀。"

"您好。"

"你好呀。在读小学？"

"个子比较小，已经六年级了。今天学校放假。"

"你们一家都住在这里？"

"只有我和女儿两个人。"林寿美江轻轻摸了摸秀子的头，"汤川先生好心收留我们……"

"爸爸和妈妈离婚了。"秀子说。

寿美江有些措手不及："小孩子不用说这些。抱歉，告辞。"边说边拉着女儿走出去。

片山觉得刚才的交流很舒服，不由得露出微笑。

床头的电话铃响了。

"喂……"

“片山吗？”

“啊，科长。”

栗原科长说：“怎么样？过得舒服吗？”

“还不知道。”片山说。

“会发生什么事吗？”

“请不要有这种期待。”片山说，“对了，科长，你对笠木广三郎这个名字有印象吗？”

“笠木广三郎？等一下，是画画的笠木广三郎？”

“应该不是职业画家。”

“当然知道，他是成功的企业家，也一直在画画，但某一天突然失踪……”

“失踪？总觉得在哪里听过这个名字。”

“我去查一下。这个笠木广三郎怎么了？”

“他是这里的原主人。”片山没忍住，把酒店大堂那幅画在墙上的肖像画告诉了栗原。

“很厉害吧？”片山话说出口立刻后悔。

一阵漫长的沉默。

“科长？……喂？……喂？……您要是忙，我们另外找时间通电话……”

“片山，你的意思是那幅画里藏着秘密，对吧？”

"我没这么说……"

"你向来直觉很准，那幅画里肯定藏有玄机。"

"我真的没这个意思。"

"作为上司，我不能扔下你不管。这样吧，我抽出时间去你那里一趟。"

"没这个必要……"

"我要看看那幅特别的画作。"说白了，他是想来看画。

"那……科长……"

"我争取尽早过去！"栗原说完便挂了电话。

"哎哟……"片山觉得，他有百分之九十九的可能是明天就到这里。

8　封闭的心

一定发生什么事了。

晴美看到从试衣间走出来的由香面色煞白，忍不住关心地问："你怎么了？"

"没事。"

"是吗？但你的脸色……"

"从没一下子买两套衣服，紧张了。"由香故意说笑，却难掩笑容僵硬。

"那我们去买单吧。"

"谢谢。"

晴美拿着衣服走向收银台。

须田伸代与希江为船上的女人买了些衣物。

"差不多了，"伸代说，"回酒店吧。"

晴美回头："走吧……由香？"

此刻的由香正凝视着身边的福尔摩斯。

"啊，对不起。"由香意识到晴美在叫她。

"没关系。你没事吧？"

"嗯。"

须田一家已经坐电梯下到一楼。晴美抱起福尔摩斯，问由香："是不是福尔摩斯对你说了什么？"

"嗯？"

"果然。这种时候不用怀疑，要对福尔摩斯敞开心扉。"

"心？"

"是的。福尔摩斯活得很通透，对受缚于各种桎梏的人，它看得很清楚。"

由香看了看福尔摩斯。

看起来是一只普通的猫。但刚才与它四目相对时，由香仿佛听到福尔摩斯在对自己说话："没事的，我会保护你。"

走出超市时，风变大了，晴美不由得缩起脖子。

"好冷啊。"她说。

"我老公去把车开过来。"伸代说，"你们进去等吧。我穿着外套没关系。希江，你也进去吧。"

"我年轻，扛冻。"

大家都被希江逗乐了。

"那我也不进去，我也年轻。"晴美说，"福尔摩斯也还年轻吧？"

晴美怀里的福尔摩斯扭头看向停车场。

须田正背对众人，一路向停车处小跑。

"福尔摩斯，怎么了？"

福尔摩斯突然从晴美怀里窜出来，跳到地面上。

"喵！"厉声尖叫。

一定有事！晴美朝须田的方向看去。

"等一下！"晴美大叫。

但是须田完全没听到，自顾自打开车门坐进去。

福尔摩斯飞奔而去。

"等一下！福尔摩斯！"晴美也追上去。

"怎么了？"伸代不明所以，呆立原地。

须田插入车钥匙，正准备发动引擎。

突然，福尔摩斯跳上了前挡风玻璃。

"哇！"须田吓了一跳。

晴美一边跑向车子一边大喊："须田先生！快出来！"

可惜坐在车里的须田根本没听见。

他虽然很吃惊，但还是下意识地转动了车钥匙。

车子轻轻震动，引擎发动了。

晴美大惊失色。车下开始蹿出火苗。

万幸，她赶在火势蔓延开来之前打开了车门。

"快出来！"她对须田吼道，"汽油泄漏了！"

须田惊慌地跑出汽车。

福尔摩斯一跃跳入晴美怀里，缩成一团。

"老公！"伸代大叫。

伸代、希江和田所由香都惊得呆愣在原地一动不动。

车下的火焰很快将整辆车包围。

"刚才好险。"晴美再次抱好福尔摩斯，走回众人面前。

"怎么回事……"须田惊魂未定。

"这火势无法自行熄灭了，得让超市的人联系消防局。"

"啊……这是酒店的车……"须田嘟囔道。

这下惨了。晴美跑回店内大叫："停车场有辆车烧着了。请尽快联系消防局。"

坐在收银台里的女店员立刻拨打了119。

其他店员则凑过去看热闹。

"啊？"

"哪里？"

"真有闲。"晴美无奈，但不至于生气。

回到店门口，晴美看到车子在熊熊燃烧。

"片山小姐，多亏你出手相助。"伸代走到晴美面前，"真不知该怎么谢你才好……"

"要谢就谢福尔摩斯吧。"

"真的呢，太让人吃惊了。怎么会……"

"也许福尔摩斯闻到了汽油味。"晴美找到了一个解释。

"爸，你坐得那么近都没闻到？"希江的语气带着责备。

"我……鼻子不灵。"

"捡回了一条命。"伸代看着燃烧的汽车叹了口气。

由香走到晴美身边，摸了摸福尔摩斯的鼻子："你真是一只不可思议的猫。"

"晴美姐，"由香告诉晴美，"刚才我听到……"朝须田一家瞥了一眼，小声说："须田夫人说'这是第一件案子'。"

"第一件案子？"

"我听到她这么说。"

"谢谢。"

须田一家知道肯定会出事。

"这么看来，事情还没结束。"晴美说着，轻轻挠了挠福尔摩斯的脖子。

没过多久，消防车赶到，那辆车几乎烧成一堆废铁……

听到有人敲门，片山说："请进。"

"片山先生。"笑子说，"美味的咖啡煮好了。"

"哦，谢谢。"

"要给您端来吗？还是您想一边欣赏湖景一边品尝？"

"难得来一趟，还是过去喝吧。"

"那我背您过去吧。"

"哎，哎，哎……没事的，我已经习惯用拐杖了。你先去，我马上到。"

"大堂走到底就是。"

"知道了。"

笑子离开后，片山撑着拐杖从沙发上站起来，自我感觉已经使得得心应手了。

片山大部分时候笨手笨脚的，一度以为等到自己会使用拐杖时，骨头恐怕都痊愈了。不过现在，他觉得一旦用惯了拐杖，其实很简单。

片山来到走廊上。

石津丢下一句很不像他风格的"我去散步"出去了。后面加了一句："晚饭前要多消耗，让肚子空一点儿。"

多亏房间在一楼，不用走楼梯，很方便。

片山朝酒店大堂走去。

"请问，"一个孱弱的女声传入片山耳中，"抱歉……"

片山站住，回头一看——拄着拐杖回头其实很不简单。

何况他回头的一瞬间当场惊呆。

一个女人站在走廊上，手指轻扶墙壁，似在黑暗中摸着墙走路。令片山瞠目结舌的是这个年轻女人竟然裸着。即使是对方主动搭话，片山也震惊得完全说不出话来。

"抱歉，"女人问道，"这里是哪里？"

片山此时的姿势是扭转半个身子回头，本就很不稳定，加上裸女如履青云轻飘飘地走向自己，他简直惊慌失措。

"这里是酒店。呃……叫什么来着……雨？……不对，云？……风？"

"你……"

"你这打扮会感冒的……哎哟，我说什么打扮呀，你根本什么都没……"

"我为什么会在这里？"

"我哪儿知道？……啊，是雾！雾！"

"雾……"

"是名字。"

"你……你是雾先生？"

"不，我是片山，你是裸体……不，裸体不可能是名字。"

"我是谁？你是谁？"

女子进一步走向片山。

"等一下！我现在平衡性很差，你不要碰我！"

片山发出的"危险信号"完全失效，女子抱住了片山。

"危险……"话音未落，片山仰面倒下。

"怎么了？"女人大吃一惊。

"别愣着，快来帮我！"片山拼命护住受伤的腿，同时徒劳地用力推这个抱牢自己的女人。

"片山前辈！"散步回来的石津碰巧看到这番光景，"您怎么不挑地方，在走廊里就……"

"混蛋！快把这女人拉开！"片山无奈叹气，"为什么受伤的总是我！"……

9 幻影

"真是的，"晴美叹气道，"都骨折了还有心思抱裸女。"

"不是我抱她！是她抱我！"片山反驳。

"有区别吗？"

"差别很大！"

晴美瞥了一眼其他桌子。

"真不害臊。快别说了。"

"快吃，真好吃。"吃到期待已久的晚餐，石津很快乐。

片山把面包塞进嘴里："早点儿告诉我有那么回事，我就不至于慌成那样。"他的埋怨被晴美漠视。

"好在晴美没事！"肚子吃饱，石津终于开口了。

"县警把车拖走了，说是会进一步调查。不过都烧成那样了，估计很难查出什么。"片山说。

"我不觉得那是一起事故。"晴美说。

"有人被盯上了？"

"肯定不是我、福尔摩斯或由香。我们是在须田一家出发前临时搭车同去的。"

"难道是须田一家？"

"那一家人肯定有事隐瞒。"晴美看到须田一家走进餐厅，赶紧说，"嘘！他们来了。"

"我可什么都没说。"

须田一家径直走到片山兄妹面前。

"片山先生，真不知该怎么谢谢你们。"须田低下头。

"我没做什么……是福尔摩斯。"

"真是一只了不起的猫！"伸代佩服地说道。

福尔摩斯蹲在桌子下面，被夸得有些害羞。

"听说片山先生和那个女人抱在一起了？"

"希江！闭嘴！"伸代教训希江，却又说："我也好想看一眼。"

"我也想给大家看看。"石津乱凑热闹，把大家逗乐了。

片山深感无奈，气鼓鼓地说："随便你们怎么说吧。"

突然……

"哟！"

"咦？"

"喵——"

晴美、石津、福尔摩斯依次惊叹出声。

86

"科长！"栗原科长走进了餐厅。

"嘿，还没吃完啊。"

"科长……你怎么来了？"

片山难以置信。白天才打过电话，晚上就在这里出现了。

"趁热打铁嘛，列车转车很顺利。"

"再怎么说都……不影响工作吗？"

"现在没什么案子非得我留在科里。"

片山把栗原介绍给汤川。

"哇！搜查一科的科长大人！"

"好厉害，"希江说，"如果我遇害，请一定抓住凶手！"

"别说这种不着边际的话，"伸代皱眉，"对不起，我们过去坐了。"须田一家走向他们常坐的位子。

"我在大堂那幅画前足足看了十五分钟。"坐到片山那桌的栗原说，"真是一幅伟大的作品！简直想把那片墙挖下来带走。"这话听着有一半是认真的。

"这儿可糟糕了。"晴美说。

"发生什么事了？"

"我哥和裸女在走廊上贴在一起……"

"竟有此事？"

"不是那样！"片山深感流言就是如此被越传越离谱的。

似乎是晴美想把事情闹大。

"车子着火了？"

几个人一边吃饭一边聊正事。

"县警在帮忙调查。"

"须田一家为何会被盯上？"

"我不知道。"片山说，"我是来休假的。"

"哥！"晴美听出来了，片山在闹情绪。

曾和片山抱在一起的女人看向餐厅。

现在的她，穿着晴美为她在超市购买的衣服。

服务员饭泽主动上前问道："您想坐哪里？"

"我……"女人有些无措。

晴美见状，站起身："请带她来我们这边。"

"喂！你干什么！"片山一把拉住晴美的胳臂，但为时已晚，女人神情放松地来到片山这一桌。

"一起吧。"

片山只能庆幸女人没有坐在自己边上。

"肚子饿了吧？"晴美说。

"嗯……好饿。"女人惴惴不安地看着片山，"我……白天……是不是见过这位先生？"

"是，我们打过交道。"

"是吗？难怪看到您感觉很亲切，不像是初次见面……"

"你叫什么名字？"晴美问。

"我……想不起来了。"女人皱眉摇头，"只记得自己被摇来晃去……"

"你是躺在小船里漂到岸上的。"

"听说了，但我怎么也想不起来为什么会在船上。"

希江走过来主动打招呼："是我发现你的！"

"谢谢。服务生告诉我，是一个叫希江的女孩救了我。"

"嘿嘿，"希江有些害羞，"没有名字很不方便的，你给自己起个名字吧。"

"是哦。要不，你给我起名吧？"

"我？让我想想……你是躺在船里，漂在湖上……那么叫船子，好不好？"

"船子？"

"有点儿奇怪？那……你是在雾中出现的，叫雾子？"

"好名字！好像神秘美人。"晴美说。

"就这么定了！雾子小姐。"

"请多关照。"雾子有些害羞地低下头。

雾子像饿坏了似的，把送来的食物吃了个精光，那架势一点儿都不输给石津。

"这么看来，至少你的胃没事。"栗原说。

"有没有想起什么？"晴美问。

"不知道。好像有一种味道……"

"味道？"

"嗯，很强烈的味道。我记着那种味道。"

"能具体说说是什么样的味道吗？"晴美凑过去。

突然，福尔摩斯"喵——"地叫了一声。

"怎么了？"晴美蹲下身。

"妈……我肚子疼！"希江呻吟道。

"啊……怎么了？"伸代站起身，"扶你去房间躺会儿？"

"怎么了？"须田一脸疑惑。

"是不是着凉了？"伸代扶着希江勉强走了几步。

没走多远，希江双腿一软，弯下腰叫着："好疼！救命！"

"怎么了？振作些！"伸代脸色发青。

"好疼！妈！"

"希江……"

晴美赶紧跑过来："肚子疼？不要强忍。饭泽！"

饭泽飞奔而来。

"得送她去医院。有车子吗？"

"之前那辆被烧掉了……还有一辆用来接送的面包车。"

"赶紧送她去医院！"

希江面如白纸，满脸是汗，疼得缩成一团，翻来滚去。

"怎么办？难道是有人投毒……"伸代脸色苍白，眼泪在眼眶里直打转。

"怎么可能！"须田单膝跪地，"希江，振作些！"

雾子站起身走过来："我来把一下脉。"说着坐到一旁，抬起希江的手腕。

"哪里疼？……腹部下方？……不是？"雾子用手指翻开希江的眼皮。

"没有引发贫血，应该没有出血。"她说，"看位置也不像在盲肠，估计是胃痉挛。肯定很疼，没事，不是大毛病。"

晴美与片山面面相觑。

"带她去医院，打一剂缓解神经紧张的针，大概就没事了。"雾子说。

"我马上去把车开来。"饭泽说着跑了出去。

"不用担心。没事的。"雾子把手放在希江的额头，点着头安慰她。

希江稍稍镇定下来："谢谢你。"

"雾子小姐，"晴美说，"你会把脉？"

雾子一脸困惑："我也不知道……身体自动这么做了。"

"我猜你是护士。"晴美说。

"也许……"

"您能陪我们去医院吗？"伸代问。

"好。请您介绍一下希江的体质情况。"

"体质？"

"有没有药物过敏，小时候生过什么病……"

"我……不知道。"伸代似已束手无策。

"没事，"希江说，"我自己来说。"

"车子来了。"晴美说。

片山看着希江被众人守护着上了车，一边目送他们一边陷入了沉思……

10　违规比赛

"刚才医院来电话了。"服务生河合把咖啡摆在桌上，"须田夫人说，须田小姐肚子不疼了，没事了。"

"太好了。"晴美微笑，"马上回这里吗？"

"保险起见，今晚留院观察。须田夫人留在医院，须田先生和那位女士回来。"

服务员饭泽开着接送客人用的面包车送希江去了医院。

片山等人在大堂里喝咖啡。

栗原又在看那幅肖像画，百看不厌。

"饭泽也松了一口气。"河合说，"万一希江小姐是吃坏了东西疼成那样的，饭泽就惨了。"

晴美与片山悄悄地互看一眼。

"无论看多少遍都觉得了不起！"栗原终于回来了。

"在墙上作画，很难吧？"晴美问。

"当然。普通颜料肯定是不行的。我很想知道他是用什么颜料画的。"

只要与画有关，栗原都感兴趣。

就片山而言，他也不希望看到一个只对工作感兴趣的搜查一科科长。如果不能理解犯罪者的心理，就无法展开搜查。

"好奇怪，"晴美等河合走开后，端起咖啡杯，"一般来说，在餐厅吃饭时突然肚子疼，首先会怀疑吃了坏东西吧？"

"但那个妈妈说是有人下毒。"

"没错，他们家肯定有事情。"

"不止如此。那位女士……雾子小姐问起希江是否有药物过敏等病史时，做妈妈的竟然说'不知道'。"

"真的很蹊跷，难道只是因为当时慌了神？"

"莫非她不是希江的妈妈？"栗原说。

"她肯定不是希江的爸爸。"石津说。

虽不知石津是否故意说笑，但在场的人都没笑。

当然，此刻大堂里只有片山他们了。

"也可能不是亲生母亲，比如……是后妈。"

"有可能。但看希江的态度，又不像。"

"总之，车子着火那件事，很可能是针对他们一家的犯罪行为。"栗原抱起手臂，"这么看来，作为片山的上司，我有必要留下来。"

片山认为这根本是歪理，但他没有出声反驳。

"另外，那个雾子为何裸着身子躺在小船里漂到这里？

而且她有可能是个护士……"

"湖上有可以停船的地方吗?"

"明早我散步的时候绕湖转一圈看看。一圈的话,应该不用走很久。"晴美说,"石津,你和我一起吗?"

"当然!"石津立刻回答,但又追问:"可以等吃完早饭再出发吗?"

"打扰你们了吗?"评论家神林和妻子佐知子走过来。

"这里是公用的酒店大堂,请随意。"晴美说,"咖啡很好喝,要不要来一杯?"

"哦,"神林意兴阑珊,"有报纸吗?"

服务生河合拿来一沓报纸。

"谢谢。"神林开始翻报纸。

"神林老师,"浅井瞳走过来,"有什么我可以效劳的?"

"嗯?啊,目前没有。"

"那我先去休息了。"

"还早呢。"佐知子拦下浅井,"一起喝咖啡吧。小瞳,去让服务生送咖啡过来。"

浅井不敢违抗,走向厨房找河合要咖啡。

她很快回到大堂:"我觉得大家一起比较热闹,就把小野寺先生也带来了。"朝小野寺笑道，"我不懂画，想问问小野寺先生，墙上那幅画值多少钱？"

"哦，好啊。"栗原点点头，"我也想听听专家的意见。"

小野寺似乎很想逃跑。

浅井瞳却不依不饶："请一定发表高见！您怎么看？"

小野寺不情不愿地走到画前。

"这幅画很不错。"他只说出这一句。

"如果出售，能卖多少钱？"浅井瞳问。

"小瞳，"佐知子假笑着打断，"用金钱来衡量画的价值？这不太好吧。"

"对不起，我真的不懂画，如果不告诉我价格……"

"很多东西是很微妙的……很难即刻评估值多少钱……"小野寺含糊其辞。

"但是前阵子我在报纸上读到，一个叫野泽的画家在意大利获奖后，他的画价一下子飙升到了一亿日元。当时我就想，果然还是捧的人多了，价格就高。小野寺先生，你知道那个叫野泽的画家吗？"

小野寺显得慌乱："知道是知道……但不熟……见到了会打个招呼而已……"边说边频频点头。

浅井瞳突然"噗嗤"一笑。

"瞧我这记性！对不起，我弄错了，获奖的是太田。"

小野寺顿时面红耳赤。

所有人心知肚明，浅井瞳是故意说错名字的。

"我先告辞……"小野寺站起身一溜小跑地离去。

"他可以喝完咖啡再走的。"浅井瞳故意不看佐知子。

浅井瞳在片山等人面前揭露小野寺是假画商，这么做是对佐知子的报复——她害自己与神林的幽会之旅泡了汤。

河合端来咖啡。

"啊……多了一杯？"

"没事。"浅井瞳说，"小野寺先生回房间了。你给他送去房间吧。"

"遵命。"

佐知子表情僵硬，直勾勾地瞪着浅井瞳。

带来的画商小野寺对画一窍不通，这是佐知子的耻辱。

神林显然完全置身事外，自顾自地翻报纸。

"老公。"

"嗯？"

"怎么样？找到好文章了吗？"

神林抬起头："什么意思？"

"你还是让小瞳帮你找吧，你们不是一直这样的嘛。"

佐知子说。

"夫人……"

"我早就知道了，"佐知子收起假笑，"明天你要在这里做演讲，正在寻找素材。"

"喂！佐知子……"

"有什么好隐瞒的？你的演讲，每次都是把报纸上的报道或解析现学现卖。去听你演讲的人有好几百，一般都不会在意，但是你所用的那些段子都是小瞳找来的，不是吗？所以我说，现在也是，报纸还是给小瞳看吧。"

很明显，这是她对刚才小野寺那一幕的报复。

"我不看报纸也能演讲！"神林愤然起身，把报纸甩在桌上，离开了大堂。

"小伙子，那个人的咖啡，也请你送去他的房间吧。"

"我去送。"浅井瞳起身端起一杯咖啡，"这是秘书的工作。"说完快步追上神林。

"一下子好冷清啊。"佐知子开始喝咖啡。

片山感到难以言说的恶心——这样也算夫妻？

丈夫携秘书兼情人来到山间酒店。妻子想报复，是可以理解的，但是……

"那个叫浅井瞳的秘书是我老公在大学教书时的学生。"

佐知子说，"刚巧，那时候她爸爸欠了巨额债务，跑路了……如果那女人说的都是真话。"

"所以她做了您先生的秘书？"晴美问。

"做秘书之前已经是他的小女友了！我老公本以为不会有年轻姑娘看上自己，浅井主动送上门的时候，他当然眉飞色舞，整个人轻飘飘的。她大学毕业前，所有的学费都是我老公支付的。"佐知子苦笑，"若非我发现及时，他差点儿把她家的债务都包揽了呢。"她缓缓地喝完咖啡，"为一个八竿子打不着的人还债？世上哪有这等好心人！"又摇摇头，"最后她卖了自家的房子和地，把欠债还清了。"

"但是，神林夫人，"晴美问，"小女友怎么成了您先生的秘书？"

"是我提议的。"

"为什么？"

"我老公的工作，需要经常外出。只要他想，随时可以和浅井在外面私会。但是让浅井成为秘书，就方便我在近处看着了。而且那姑娘确实有做秘书的天分——很遗憾，我在这方面完全不行。"

"明白了。"片山点点头，"但是在酒店的这段时间里，希望您能自重，不要闹事。"

"那要看他们了。"佐知子站起身,"先告辞。晚安。"

看着默默离开大堂的佐知子,晴美不由得感叹:"可怕。"

"难道要一直看这种戏?"片山叹气,"我也回房间了。"

"你一个人行吗?"

"科长,你怎么办?"

"让我在这种气氛里再沉浸一会儿。"

"气氛?"

"笠木广三郎曾生活过的空间里的气氛。"栗原感到以前的天才画家仿佛就在身旁。

"福尔摩斯呢?"晴美问。

"喵——"福尔摩斯走到画前抬头看着,久久没有离去。

"难道是受到科长的影响?"片山说完,拄着拐杖朝自己的房间走去。

11　流离的小船

打了镇痛剂，希江一觉睡到早上。

不知是什么时候入睡的，醒来时，窗口已经透进亮光。

"对哦，"她喃喃自语，"我住院了。"

昨晚那阵腹痛，现在回想起来不像是真的。

希江做了个深呼吸，扭头一看，大吃一惊。

伸代坐在床边的椅子上，枕着床沿睡着了。

希江动了下身体，伸代醒了："啊，我怎么睡着了？"
伸代直起身子，"希江，你好些了吗？"

"嗯，没事了。"

"太好了！昨晚真的吓到我了。"伸代微笑。

"我也是。"希江说，"不过昨晚睡得很沉，不知道你
一整晚都在。"

"是吗？"

"你一直守着我？"

"是啊，凌晨两点多的时候还有记忆。"

"你明明可以回去的。"

"我没能帮上什么忙，是个没用的妈妈，但至少可以在晚上守着你——结果还是睡着了。"

"今天能回酒店吗？"

"应该可以吧。"伸代探身用自己的额头碰了碰希江的，"没事了，应该退烧了。"

希江怔怔地看着伸代，突然泪涌如泉。

"怎么了？"伸代吃惊地问。

"没什么，只是突然想起……"

"什么？"

"我妈妈经常这样为我量体温。小时候，我很喜欢妈妈这样和我碰额头。"

希江说着，用包住枕头的毛巾擦眼泪。

"枕巾湿了会变凉的。"

"嗯……"希江竭力忍住泪水，"对不起。"

"为什么要说对不起？"

"妈妈明明就在我边上。我应该接受这个事实……"

"小傻瓜，"伸代抚摸着希江的脸，"你还是个孩子。做任务时想起自己的妈妈，无可厚非。"

希江点点头。

"你妈妈在哪里？"伸代问。

"跑了。"

"跑了？是和你爸爸……"

"他经常打我妈妈，所以我妈妈和别的男人跑了。爸爸没了殴打的对象，就开始打我。我恨他……"希江欲言又止。

"别说了。"

"我……我拿刀扎了他……"

"啊。"

"他一边在手腕上缠纱布一边对我说：'滚！去找你妈。'"

"但你不知道妈妈去了哪儿吧？"

"所以我离家出走了……"

"唉……"

希江止住眼泪："对不起，我没事了。"她平静地说，"我们约好的，要忘记真正的自己。"

伸代轻抚着希江的头："你真了不起，比我这个成年人还要守规则。"

"在福利院，不守规则就活不下去。"

伸代默默地握住希江的手。

吐出的气息都是白色的。

"好冷。"晴美说。

"倒是很适合腾空肚子。"吃完早饭才十分钟,石津就开始操心午饭了。

"喵——"福尔摩斯也加入了晨间散步的队伍。

这是晴美之前提议的湖畔巡游。

如想象的那样,路是围湖而铺设的。

晴美朝湖面看去,发现林间晨光如白纱飘散,美轮美奂,不由得沉迷其中。

"喵——"福尔摩斯停下脚步。

"怎么了?"晴美看向前方。晨雾笼罩下,"咔嚓咔嚓",如脚踩冰霜——那声音离自己越来越近。

有人来了。

晨雾中,一个背着大型双肩包的年轻男人出现在面前。

"早上好。"男人说,"'雾'酒店在前面吗?"

"对,沿着这条路一直向前走。"晴美指路。

"你是住客?"

"是的。你也是?"

"算是吧……也来工作。"

"工作?"

"我是旅行杂志编辑部的。"

"啊,原来如此。"

"早上好冷啊。"男人说，"再见。"他向晴美点头致意，大步朝酒店走去。

"工作是来住酒店？真不错。"石津说。

"一旦变成工作就辛苦了。"

晴美继续散步。

"晴美。"两人走过大半程，石津朝酒店方向停下脚步。

"怎么了？"

"那是不是一艘小船？"

之所以是石津先看到，是因为晴美这边的道路被枝叶遮挡，视线受阻。

晴美拨开细枝，朝湖面看去："真是一艘船！"

湖面上静静地摇曳着一艘小船。

"谁在船上？"

"看不见里面。"

小船浮在水中央，不像有人。

"得找艘船才能靠近去看。"晴美说。

福尔摩斯走下岸边斜坡。

"福尔摩斯！危险！"晴美一边留意脚下一边跟过去。

"喵——"福尔摩斯得意地叫了一声。

"哪里？"

　　拨开草丛，露出一艘小船的船头。

　　"还有船桨。石津，你会划船吗？"

　　"包在我身上。"石津拍拍胸脯，立刻又不安地问，"这艘船没有载重限制吧？"

　　晴美抱着福尔摩斯坐上小船。

　　石津用船桨撑离岸边。

　　把船划到水中央附近时，石津乐呵呵地说："能和晴美一起划船，太好了！像做梦似的。"

　　"喵——"

　　"啊，当然，我没忘了福尔摩斯。"又赶紧补充说明。

　　"你划到那艘船边上……别撞上哦。"晴美盯着那艘船。

　　石津的划船技术堪称优秀，刚好停在那艘船边上。

　　"有人倒在里面。"晴美探身朝那艘船看去。

　　"谁？"

　　"一个男人，趴着……"她认出男人身上西装的纹样，"这……大概是那个画商……"

　　晴美伸出手，用力扳男人的肩膀。

　　男人仰面朝天。

　　"果然，是小野寺！"

　　看上去已经没命了——脸色煞白，眼睛睁着，嘴巴半张。

毫无生气了。

没看到外伤。

"死了。"晴美搭了搭小野寺的脉搏。

"怎么回事？"

"不知道……总之，不能扔在这里不管。"

"难道……"

"什么？"

"他划到这里弄丢了船桨，没办法回去，活活饿死了？"

没有人会因为少吃一顿早饭就死了。

"我们把这艘船拖回酒店吧，有没有绳子？"

"没……没想到要带。"

谁散步还带着绳子啊？

"石津，借用一下你的皮带。"

"啊？"

"裤子的皮带！"

"啊，哦，给你。"

石津对晴美的吩咐不敢不从。赶紧抽出皮带交给她。

晴美将皮带拴在小野寺那艘船的船头。

"好了，我来拉住皮带。"

"那我们出发。"石津慢慢划动船桨，皮带绷直了，小野寺的船也跟着向前行进。

"就这样朝酒店的方向划，对吧？"石津一边确认方向一边划动小船。

起雾了，瞬间将两艘小船团团围住。

"看不见方向……"

"笔直向前就行，慢慢划。"

石津稳稳地划动船桨。

突然，福尔摩斯"喵！"地厉声尖叫。

一只手从水中伸出，抓住了晴美的船沿，猛地一拉。

"危险！"晴美一手拽着皮带，反应慢了一些。

小船大幅晃动。

"哇！"石津仰天摔倒。

"抓住船身！"晴美大叫。

那只手再次用力掀动小船，晴美被甩进湖里。

"晴美！"石津猛地站起身，小船却因此被彻底掀翻了。

石津也落入湖中，但马上冒出脑袋。

"晴美！"

"我在这里！"湖水冰冷，晴美拼命游动着，才抓住了已翻覆的船身。

"没事吧！"

"还行。"晴美脸色惨白,"福尔摩斯!福尔摩斯呢?"

石津来回游动着。

"没看到。"

"福尔摩斯!福尔摩斯!"

晴美的声音响彻湖畔。

然而并没有听到福尔摩斯的回答。

"快披上。"客房服务部的林寿美江拿来毛毯。

"谢谢。"晴美披上毛毯。

"快进去。"片山催促道。

晴美站在岸边望向湖面,一动不动。

"石津已经坐船去找了,你快进屋。"

"不。福尔摩斯不回来,我冻死也要在这里等。"

临近中午了。

福尔摩斯消失在湖中。

"没事的,福尔摩斯不会就这么死的。"

"肯定不会!福尔摩斯绝对……"

太阳照得湖面闪闪发光。

嘴上虽然这么说,晴美却依然不肯进屋,站在原地,久久地望着湖面……

12 与死者的关系

石津他们的船回来了。

晴美立刻起身跑过去，甚至没喘一口气，径直跑到湖畔。

"石津！"船靠岸后，脸色发白的石津来到岸上。

看样子，不问也知道结果了，但晴美还是忍不住确认："福尔摩斯呢？"

"没找到，"石津无力地垂下头，"都找遍了。"

晴美咬紧嘴唇，被冷风吹得缩起了脖子，却还是主张："再去找一遍。这次我自己去找。"

"晴美……"

"你只负责划船就行。"

"好。"石津点点头。

"等一下。"拄着拐杖的片山急忙赶来，"石津，你先进去休息一下。"

"哥……"

"这么冷的天，他连续找了三小时，必须回屋暖暖身子。"

"是啊，对不起。"

"没找到就意味着应该还活着，对吧？"片山说。

"对……"晴美微微点头，和片山一起回了酒店。

坐在酒店餐厅里可以看见湖面的位子上，晴美深深地叹了口气："要是我一直抱着就好了。"

"晴美……"

"那样的话，沉下去的时候我们至少会在一起……"

"别这样，别说得好像福尔摩斯已经死了。"

"对，我不能这么想。"

"福尔摩斯不是普通的猫，没事的，它一定会游上岸。"

"嗯……"

当然，他们连岸边也已找遍。

一般人肯定会觉得，福尔摩斯已经沉到了湖底，但片山和晴美绝对不这么想。

福尔摩斯这种非凡的猫咪，怎么可能因为这种小事就死了？

但是除了片山兄妹以外，其他人都很难理解。

"科长！"

栗原走过来。"真让人担心啊。"拉开一把椅子坐下。

"福尔摩斯还活着。"晴美说。

"嗯，都说猫有九条命。"栗原点点头。

"科长，小野寺……"

"准确情况还需等待尸检报告。初步判断是溺死的。"

"溺死？但他在船上啊。"

"有人在他死后把他弄到了船上。"

"他是在湖里溺死的？"

"得等分析完他肺中积水的成分才知道。"

"看上去和雾子的情况很像。"

"但她活着。"

"如果她恢复记忆，也许能提供多一点儿线索。"

"是啊。"片山点点头。

酒店大堂里突然多了很多人。

"须田小姐回来了。"

"没事了吧？太好了。"

希江和伸代一起来到餐厅，后面跟着雾子。

"太好了。幸好没大碍。"晴子起身迎接。

"但当时真的好疼。"希江强调道。

"抱歉，让大家担心了。"伸代低头致意。

"晴美姐，听说福尔摩斯掉湖里了？"希江问。

"是啊，还没找到……"

"一定没事的！我和福尔摩斯心灵相通，如果有事，我一定会感觉到。"

希江自信满满，给了晴美力量，一扫她心头沉重的阴霾。

浅井瞳也走过来。

"片山先生，"她说，"抱歉这时候来打扰。"

"没事。请说。"

"神林老师听说小野寺先生已过世，正在犯愁今晚还要不要做演讲了。"

神林本来就不想做演讲，小野寺之死正好给了个借口。

"这个啊……讲不讲都可以吧。"片山不知该如何回答。

"但是已经贴出了海报，客人们都知道了。"笑子说，"其实越是这种时刻，大家越需要神林老师的演讲。"

"好吧，我去转告老师。"浅井瞳欠身离开。

一个年轻男人闲逛似的走过来，拿着一台相机。

晴美记得这个人。

"啊，你好。"年轻男人拿出名片，"请多指教。"

"浅井雅人？浅井？"

浅井瞳站到雅人边上："没什么好隐瞒的，这是我弟弟。"

晴美忆起她在来程列车上打电话的模样。

"是你叫来的？"晴美问，"为什么特地来这里？"

"因为觉得很有意思，想在杂志上介绍……"

"但你是在到达这里之前就联系了你弟弟吧？"

姐弟俩四目交会。

"你们别误会。"浅井瞳说,"关于死去的小野寺……"

"怎么?"片山催促道。

"那是他的假名。他的真名叫浅井完治,是我们的父亲。"

雅人一脸沉重:"虽然很遗憾。"

"此话怎讲?"栗原问。

"有两重意思:一、虽然很遗憾,但那家伙确实是我们的父亲。二、……"

"别说了,雅人。"浅井瞳打断道。

"我知道。"片山说,"另一重意思是:虽然很遗憾,但好在他死了。"

"你们千万别误会。"浅井瞳说,"我弟弟和我父亲的死没关系。"

"但是他早上特地绕着湖岸走来。"

"那是为了工作。如果开车,就看不到周围的样子了。"

"不用担心,"晴美说,"如果他是凶手,就不会特地和我们打招呼,而是会躲在树丛里。"

"谢谢您能这么说……"浅井瞳松了口气,"也许你们都知道了,父亲瞒着家人借了一大笔债,自己跑了。我们只能卖掉所有的房产和地皮。母亲因此病倒,很快过世了。"

"所以在列车上相遇的时候，你很吃惊吧？"

"我立刻想到要告诉弟弟。父亲估计也明白他不可能马上从这里逃走，毕竟他要在佐知子夫人面前扮演画商。"浅井瞳说，"但我还是没忍住，在大家面前拆穿了他的假面。"

"后来小野寺去过哪里？"片山说，"哦，应该叫他浅井才对。"

"对我们而言，他就是小野寺。"酒店老板汤川说，"像我们这种酒店，经常有名人用假名登记住宿。就算我们知道了真名，也要用客人登记的名字称呼他们。"

"我明白。"片山点点头，"那么小野寺他……"

"昨天夜里，他来到前台说马上要走，但我告诉他，这时候没有车次了，请他等到第二天早上。"

"然后呢？"

"他说那就等到早上，还让我早上六点开车送他去车站。"

"早上六点？"

"我等了他，但他没来。"汤川摇摇头，"我还以为他改主意了，就没有特地去找他。"

"知道了。"片山点点头。

"片山先生，这算谋杀案吗？"笑子问。

"现在还不好说……以溺死而言，可能是自行溺死，也可能……但肯定有人把他弄上了船。"

浅井瞳扫视众人:"我先回老师那边了。"她说,"对老师而言,这也许是个挺有意思的素材。"

她离开后,浅井雅人说:"我姐真的吃了很多苦。爸爸以前很宠她,被爸爸出卖时,她受到的打击也特别大。"

"你也恨你爸?"晴美问。

"当然。肩负了生活之苦的是我姐,给那个神林做情人也是为了贴补家用,不然谁会喜欢……"他脸上明显流露出厌恶感。姐姐和弟弟——两者间微妙的感情令晴美陷入深思。

"早上有人见过小野寺吗?"片山问了一句。他已知道得询问所有的住客,否则就没意义。

"总之,等尸检报告出来之后,可能还会找大家问话。虽然这里并非我们的管辖区域。"

餐厅里只留下片山兄妹。

晴美愣愣地盯着湖面。"不知福尔摩斯怎么样了?"她说,"这么冷……会感冒的。"

片山也挂念着福尔摩斯。但猫咪毕竟不是人,不能持续麻烦警队去寻找一只猫。

只能三个人——加上石津——继续搜找。

腿脚不便，实在可恨。

"啊，希江。"晴美见希江不知何时又走回来了，"怎么了？你应该多睡一会儿。"

希江没有立刻回答，而是走到窗边，看向湖面："一定有个洞窟。"

"洞窟？"晴美抬起脸，"为什么？"

"雾子也是躺在船里漂过来的。肯定有人是在哪里把她放到船上的。但船是从哪里来的？小野寺的那艘也是。"

晴美与片山面面相觑。

"这么说来，还真是。周边都没有用来停船的小屋。"

"是吧？所以我觉得肯定有一个入口，通往可以进出小船的洞窟。"

晴美的脸上顿时涌现血色："希江！你是个天才！"

她大叫着跳起来冲到希江面前，紧紧抱住她，还在她脸上亲了一口。

"你这样好吗？"希江说，"你哥哥不会吃醋吗？"

13　去冒险

"听好了，石津，你沿着湖岸划慢点儿，肯定有个秘密出入口。"晴美铆足了劲儿。

"包在我身上！"石津充满干劲，也许是因为刚吃饱。

"那我们走吧。"晴美朝岸上的片山挥挥手。

"别乱来。"拄着拐杖的片山不能坐船，万一被甩到湖里，真的有可能淹死。

他只能留在岸上。

"出发！"晴美一声令下，小船即将离岸。

"等一下！等一下！"希江一边叫一边跑过来。

"我也去！"

"不行！万一和凶手动手怎么办？"晴美说。

希江反而来了劲："我一定要去！如果不是我的主意，你们就不会想到去找洞窟，对吧？"

晴美自觉理亏："好吧……真拿你没办法。"

"太好了！"

希江坐上小船。

片山没有阻拦。他知道这孩子和晴美一样，拦不住。

"我们走啦！"

小船驶向幽静的湖面。希江朝片山挥手。

片山苦笑，没有挥手，只是微微点头。

在还能看见小船的时候，他一直站在这里看着……

晴美觉得植被茂密的岸边有一处很可疑。

"也许是这里。"她用从客房服务部借来的竿子这里戳戳，那里捅捅。

两个小时后，用杆子捅戳的工作落到了石津身上。

晴美的手臂累得拿不动竿子了。

她一点儿一点儿摇动船桨，同时指挥石津："这里？右边？稍微左边一点儿？"

希江看着挥汗卖力戳竿的石津，很感动。

"福尔摩斯真幸福。"

"为什么这么说？"晴美问。

"因为你们拼命地找它。换作是我，肯定没人来找。"

"怎么可能？你爸妈都很疼你。"

"嗯……"

"或者，你想说的是别的爸妈？"

希江没想到晴美会这么问。

"晴美，朝那里面……草丛茂盛的地方。"

"哦，好。"晴美的桨划得很好。

"好像没什么……哇！"

石津拿着竿子往里捅，突然整个人向前冲，差点儿落水。

"没事吧？"

"还好……"

石津抓着船沿喘粗气。因为他刚才那个大动作，船身晃得很厉害。

"这片草丛很古怪。"希江说。

晴美把船划到近旁。

一道约两米高的笔直岩石，下方的一半都被水草和垂落在岩石上的爬山虎覆盖了。

乍一看，宛如平板的岩面直插水中。

"被缠住了！"一侧的船桨被水里的什么东西缠住，只能划动另一侧。

小船径直驶向茂密的植被。

"要撞上了！"希江叫道。

然而，冲入植被的小船竟然穿进去了。

"晴美！"

"是洞窟！"

有回声，但周围漆黑一片。

"手电……石津，手电筒呢？"

石津从外套兜里掏出手电筒。

"哇！"希江叫起来。

里面居然很宽敞。虽然不怎么高，站起来会碰到头，但很深。水中的路蜿蜒、曲折。

"足以让小船进出。"晴美说。

"这里……是人工挖出来的？"

"应该不是，像天然洞窟。但往里去会到哪里啊？"

小船缓缓前行。

船桨拍打着水面，"吧嗒吧嗒"声在洞中回响。

这条水路的宽度足以容纳小船通行，但忽左忽右的，让晴美等人迷失了方向。

"前面好像有什么东西。"石津说。

用手电朝前一照，浮在水面上的竟然是连缀的小船。

"是停船点！"晴美吐出一口气，"里面一定住着怪人。"

"你们聊了这么多？"须田说。

"嗯。"伸代点点头，又叹口气，"那孩子也许是我们之中吃苦最多的一个。”

“是啊。”

“当然，我不是说你没吃过苦。”

须田笑着说：“毕竟孩子的苦不是因为她本人犯了错。大人的苦得怪自己。”

“是啊。”

两人正在房间里休息。

“希江去那种地方不要紧吧？”

“反正她也不听劝。应该没事。”

“是啊。啊，不做点儿什么好无聊。”须田伸了个懒腰，“以前忙工作的时候，总想每天玩乐……”

“人就是这样，不能老闲着。”伸代打个哈欠，“困了。”

“我在这边看会儿书。”须田说。

“好好休息。”

虽说是白天，但总觉得一旦睡下，一时半会儿会起不来。

关上隔门，伸代钻到床上。明明很累却睡不着。

翻来覆去了好久。

她突然起身打开隔门。

“怎么了？”正在翻看杂志的须田抬起头。

伸代稍作沉默，看着须田：“你过来！”

"啊？"

"你来我这边。"

"什么意思？"须田刚站起身，伸代就一把拉住他的手，拽去自己的房间。

"哎，危险！要摔倒了！"

伸代抱紧须田倒在床上。

"喂！我们应该不能做这种事……"

"闭嘴！"

伸代用手指按住须田的嘴唇。

"哎哟……"

须田正打算关门，又忍不住回头看了一眼暗影中的床。

伸代睡得正熟。

"女人，真让人看不懂。"

须田轻轻关上隔门。他觉得关门声不至于吵醒伸代。

他一屁股坐到沙发上。

也好。对须田来说，是久旱逢甘霖。说实话，他以为自己这辈子都没女人缘了。

伸代看起来很满足……

须田打了个哈欠。

"睡意是会传染的。"他嘟囔着苦笑。

来到浴室，他洗了把脸。冷水暂时驱散了睡意。

他拿起毛巾擦脸，看着镜子里的自己。

如果能平安无事地扮演好须田康广，完成这项任务，就会有一大笔进账。

然后就能从零开始，万事皆新。

从零开始。没错，如果伸代……虽然不知道她的真名，但如果她有意，说"我们在一起吧"……会是做梦吗？她也会开始新的人生吧？如果她愿意考虑"与其一个人，不如两个人"……

须田不由得笑了。

眼前浮现一家三口其乐融融吃早饭聊天的光景。

他从没想过这种生活会成为现实。

没错。现在还不晚，还可以从头来过。

须田长长地吐了一口气，走出浴室。

突然，一只绳环直接套住须田的脖子，再用力一抽，紧紧勒住。须田一声不吭地倒在地上。

"片山先生！"

片山回头一看，是田所由香。

"怎么了？"

"找到福尔摩斯了？"

"晴美他们正在找。"片山望向湖面。

"一定能找到。"

"嗯。"片山点点头，"有点儿奇怪。"

"怎么了？"

"看不到他们的船。不过他们是沿着湖岸划的，从这里看不到，也许是正常的。"

"晴美姐的船？"

"嗯，也许去外面看一下会比较好。"

"我去。"

"外面很冷的。"

"没事！"由香摇摇头，"这身衣服是晴美姐帮我选的。"

"是嘛。"

"我马上回来！"

由香跑出去，出了酒店大门，朝湖畔跑去。

沿着湖畔小路应该可以看到小船。

由香一路小跑，呼着白气。

"怎么没看到？"由香嘟囔着。

突然，树丛间窜出一个人。

由香大叫。

"你以为能逃走？"田所猥琐地笑着。

"爷爷……"由香像冻僵了似的，一动不动。

听到沉重的关门声，伸代突然醒来。

"老公？"

她抬头叫了几声。

两个房间之间的隔门关着，但刚才那个关门声应该是从更远处传来的。

明明是入睡状态，却能区分清楚。伸代觉得不可思议。也许她自以为熟睡，其实是半醒着。

伸代从床上坐起，只穿上睡袍就下了床。

终于和须田做了那件事……而且感觉自然而然。对此，伸代也很意外。

她从没想过因此会对须田怎样。顺利完成任务之后，三口之家就会解散，各自开始新的人生。

但现在他们在一起。她想好好珍惜这段时光。

伸代打开隔门，当场呆若木鸡。

须田倒在地上，脖子上套着绳环……

“老公！”伸代赶紧跑过去，“你振作点儿！”

她抱起须田拼命摇动，须田呻吟着咳了一下。

“你还活着！太好了！”伸代反复唤他，“老公！”

须田睁开眼。

“你醒了？”

“啊……好难受……”

须田皱着眉，想松开脖子上的绳环。

“你等一下，我来。”

绳子依旧死死地勒住须田的脖子。

伸代取来剪刀，尖头插入打结处，解开绳子。

“啊，总算可以正常呼吸了。”须田喘息道。

“到底是怎么回事？”

“不知道……突然有绳子从后面套住我……”

“会是谁？”

“不知道。”须田摇摇头，“完全没看到。”

“但总算万幸！”

“啊……”须田轻轻摸了摸脖子上的擦伤，“好疼……”

“要紧吗？给你擦点儿药吧？”

“是哦，我差点儿被杀死。”须田不禁后怕，直冒冷汗。

“老公……要不我们找片山刑警说一下？”伸代说。

“找刑警？”须田有些恍惚，突然清醒过来，一个劲儿地摇头，“不行！不行！”

“老公……”

“如果那样就搞砸了我们的工作，绝不能找警察。”

“但是……”

“再说，怎么对警察说？差点儿被杀死，却想不出会是什么原因？那样反而可疑。”

“那什么都不做？”

“就这样吧，总算还活着。”须田颤颤巍巍地站起来，“不能再大意了！这种失败不能有第二次。”

“必须小心！”伸代静静地抱住须田，“但这样真好……如果你被杀了……”

“很奇怪，”须田回忆，“为什么不杀了我再逃呢？我的脖子被勒住，完全无力反抗，本是最好的机会……”

“不知道，总之你活着就好。”

“当然，我不可能抱怨凶手不杀我。”

“咦，有根毛。”

“嗯？”

伸代从须田肩上取下一根细毛。

“这是……猫毛？还是茶色的呢。”

　　"猫？有猫？"须田陷入沉思，"这么说来……"

　　"怎么了？"

　　"我被勒住脖子快晕过去的时候似乎听到了……猫叫。"
须田说。

14　地底的房间

明明想逃走……

脚却像粘在地面上，动弹不得。

"忘恩负义的东西！"田所上来就是一记耳光。

由香倒在地上。一瞬间，由香觉得自己被带回了家。

是啊，我没法从家里逃出来，一辈子都要这样挨打……

"站起来！"田所说，"我要让你知道你是个多么忘恩负义的东西！"

由香晃晃悠悠地站起来。

田所的拳头狠狠地捶向由香的下腹部。

由香差点儿昏倒，她蜷缩着身体再次倒在地上。田所走过来用脚猛踹。

啊……快死了。由香心想。

眼前发黑，什么都看不见。这样也好，可以和痛苦永别。

这样也好，死了也好，就这样吧。

然而，下一个瞬间，由香被田所一把揪住头发，月力拉拽。她疼得大叫。

"喊破喉咙也没用，没人会听见。"田所笑着。

"饶了我吧，求你了！"由香哭着求饶。

田所松开手："还听不听我的话！"

"嗯……"

"不许再逃了！"

"嗯……"由香边哭边点头。

就在这时。

"住手！"

由香抬头一看，是片山拄着拐杖拼命冲过来。

"你是干什么的！"田所皱眉，"哦，是列车上那家伙！"

"怎么能这么对待自己的孙女！"片山喘着粗气喊。

"片山先生，别管我！"由香站起来，"危险！别管我！"

"你快回酒店。"

"发什么施令！"田所暴跳如雷，"这是我孙女，我想怎样就怎样！"

"你没资格！"片山说，"由香，快走！"

"片山先生……"

突然，田所一脚踹飞由香。由香滚向湖岸。

"哎！"片山见由香摔倒，分了神。田所趁机上前一记重拳。片山勉强挺住，却因拐杖打滑而失去平衡。

田所朝片山受伤的右脚一阵猛踹。

片山一声不吭地倒在地上。

"片山先生！"由香爬起来，"爷爷，住手！"

"混蛋！叫你多管闲事！"田所俯视着咬牙按住右脚的片山，"喂，由香！"

"爷爷……"

"你来踩这个人的脚！"

由香面色惨白："不！"

"不听我的话？想让我再扯你的头发？"

"不！"由香缩成一团。

"那就听我的话！去踩他的脚！"

由香惴惴地走到片山面前。

"快踩！"田所打由香的头。

"别打了！我踩！你别打了！"由香含泪看着片山。

片山望着由香，点点头："没关系，踩吧。"

"片山先生……"由香浑身发抖，"对不起……"由香抽泣着。

"快点儿！"田所越喊越凶。

由香慢慢地抬起脚，对着片山的脚伤。

"我不要！"说着转身冲向爷爷。

田所被撞得趔趄了一下。片山看准机会，用拐杖撑起身体，朝他用力一抡。

拐杖的前端击中田所的小腿。

田所大叫一声。

此时，服务生河合跑了过来。

"片山先生！"

"混蛋！"田所揉着挨打的部位，逃进树丛。

"您还好吧，片山先生？"河合扶住片山。

"啊……由香，谢谢你。"

由香抱住片山，"哇哇"大哭。

片山差点儿又要摔倒，赶紧用拐杖撑住自己。

"没事了，没事了。"

由香好像没听到，依然痛哭流涕……

"拴紧了！"晴美说。

"放心吧。"石津再次确认了拴住船的绳索扣。

"希江，牵好我的手。"

"我一个人能走。"希江说。

"那我来牵。"石津说。

"前面有亮光。"晴美用手电筒照着脚下，一点儿一点儿前行。

"好安静。"希江说,"但福尔摩斯肯定爬到这里来了。"

"是的,肯定。"

三人匍匐通过狭窄的通道。

前方越来越亮。

"什么味道?"希江问。

"有一股味道。是油?"

"好像是涂料稀释剂。"

石津闻了又闻:"有味道?我怎么没闻到?……也许是我的鼻子不太灵。"他找了个理由,"我只对吃的很灵敏。"

三人停下。

眼前是一个大房间,足足有二十张榻榻米那么大。天花板也很高,还有采光窗。亮光就是从上方照下来的。

"有人住在这里。"晴美说。

房间里有床、书桌和书架。

那股味道的源头是油画,挂在画架上的画作……

"快看!"希江说,"这个女人……"

一幅裸女像。虽然周边还是空白,但主画面的裸女已基本完成。

"是雾子。"晴美与希江面面相觑,同时脱口而出,

"原来如此。"她在做人体模特，因而裸体。

"但……是谁在画？"希江说。

"不知道……"

三人在地下画室里逡巡。

"晴美姐！"希江大叫，"你看！"

希江找到一本素描本。

晴美走过去。

"看最上面那页。"希江指给晴美看。

素描本上用炭笔画着的，千真万确是福尔摩斯。

"福尔摩斯……"晴美喃喃道，"是福尔摩斯。"

"是吧？怎么看都是福尔摩斯。"希江非常兴奋，"这幅素描意味着……"

福尔摩斯坐在垫子上弓着背，屈起前肢置于身下，显得非常放松。那模样、那面容，绝对是福尔摩斯。

"活着！"晴美说，"福尔摩斯还活着！"

"太好了！还活着！"

虽说这并非百分之百的证据，但很难想象隐居在此的人以前会认识福尔摩斯。

可能是福尔摩斯靠自己的力量来到这个房间，也可能是房间的主人救了福尔摩斯。

晴美拉住希江的手，兴奋地边跳边转圈："它还活着！它还活着！"

稍稍平静下来之后。

"接下来，我们要把福尔摩斯找出来。"晴美说。

"还要搞清楚是谁住在这里。"

"是啊。这里到底是哪里？"

晴美再次环视这个房间。

有人住在这个画室风格的房间里。

"这里有门。"石津说。

晴美打开门，里面是浴室。

"有人在使用这间浴室……只能坐船进出，生活上应该很不方便。"

"也许他有必须躲起来的理由。"

"是啊。"

晴美拍拍希江的肩膀："我们得暗中监视这里。"

"真有趣！"

"不是闹着玩的，也许会有危险。你先回酒店。"

"啊……"希江噘起了嘴。

"总之，我们先出去，不能让住在这里的人起疑心。把素描本放回原处。"

"但是……"

"今天已经知道福尔摩斯还活着，这就够了。"

希江听了，刚刚还闹情绪的脸顿时变为笑脸："好羡慕。"

"嗯？"

"因为你是真心爱着并相信着福尔摩斯，大部分父母只会疼爱却不会相信自己的孩子。"希江说，"我们回船上吧。"说着，立刻转身快步离开。

晴美催促石津赶紧追上。

"晴美，"石津小声说道，"那孩子是不是哭了？"

"是……也许。"晴美只回了这一句。

"这里呢？"

"我们先回去，找我哥商量一下。"难得晴美这么说。

15　假面舞会

"摔了一跤？"

晴美一脸不可思议。

"我们拼命寻找福尔摩斯的时候，你居然自己摔了一跤，还把伤腿弄得更疼？"

"这种事不是经常有的嘛。"片山说。

"哪有！"

"福尔摩斯还活着，这很好啊。"

"我从一开始就知道了。"晴美说，"但去一趟更安心。"

"安心就会肚子饿。"石津说。

"你去食堂吃份咖喱吧，这里的咖喱不错。"

"是吗？"

石津两眼放光地走了出去。

"哥！"

"等一下，我答应过人家，就当作是我自己摔的。"

"到底发生了什么？"

"你去走廊上看一下有没有别人。"

晴美从客房探出脑袋看了看走廊，点点头："没别人。"

"其实是田所由香的爷爷……"

"那个粗暴的家伙？他来这里了？"

"嗯，他非要把由香带走，于是我和他打起来了。"

"你？拖着条骨折的腿跟人家打？"

"没办法，"片山说明了当时的情况，"我不想让那孩子心里有负担，决定对外说是我自己摔的。"

"你这件事倒是做得挺漂亮。"晴美夸道。

"爸，你怎么了？"

希江看着须田，忍不住地笑。

"别笑。"须田板着脸。

"但是……太好笑了！"希江看到须田的脖子上系着伸代的红丝巾。

"希江，"伸代小声说，"你爸的脖子……"

"怎么了？"

"被人勒了。"

希江愕然："谁干的？"

"不知道。但总算保住了性命。"

三人正在餐厅喝下午茶。

希江看了看其他客人。

"凶手也许就在这些人里……"

"嘘！我们必须挺过这个难关。"

"嗯……"

"怪我太大意了。"须田摇摇头，"我没上保险链，门应该是锁着的……"

"以后别忘了，一定要上锁再加上保险链。"

"知道了，不会再忘了，"须田点点头，"感觉好像真的是一家人来度假呢。"

"别得意忘形！被杀死就什么都没了，"希江小声说完这句，恢复了平时的声量，"这红茶真好喝。"

"这咖喱也好吃。"

坐在稍远处位子上一个人吃咖喱的石津对希江说。

希江朝石津挥了挥手。

"诸位！"汤川站到餐厅中央，"有个通知。"

"希望不是坏消息。"希江嘟囔。

"今晚原定有神林浩树老师的演讲会，但他身体欠佳，只能延期举行了。"汤川说，"神林老师为了表达歉意，决定今晚举办假面舞会。"

"舞会？"

"是的。老师希望所有住客与工作人员都参加，"汤川愉快地告知，"老师已经采购了大量面具放在酒店大堂，请大家按喜好自行选择，然后戴上面具出席今晚的舞会。"

众人迟滞了一下才作出反应，响起了掌声。

"真有趣。"希江说。

"舞会啊，倒是可以换换心情。"伸代说。

唯一显得不安的是石津，他看着干净的咖喱盘子喃喃自语："戴着面具怎么吃饭啊？"

"片山先生。"服务员河合看到片山走过来。

"那孩子怎么样了？"片山问。

"在我房间里睡了。"田所由河合照顾着。

"是吗？等她醒了，请把她带去我那里。"

"好，"河合点点头，"她真可怜。"

"一定要保护好她。拜托了。"

"好的。"

片山和晴美一起来到大堂，坐在沙发上。

"科长……你再盯下去，墙上要被你盯出洞了。"片山说。

栗原对那幅壁画百看不厌。

"越看越觉得了不起！"栗原感叹。

"栗原科长，我们找到了一间地下秘密画室。"晴美用词巧妙，果然奏效。

"地下画室？什么意思？"栗原立刻来了兴趣。

"我们去寻找福尔摩斯的时候发现的。"

听完晴美的叙述，栗原越发来劲，双眼放光："有必要再去一次，好好查一下。"

"我也是这么想的。"晴美点点头，"出来的时候，我特地留意了一下，觉得应该就在酒店附近。"

"莫非是在酒店下方？"

"只是我的直觉。换作我哥就肯定猜不到在哪里了。"

"你的话真多。"辨识方向，实属片山的短板，他气鼓鼓地双手抱臂。

"酒店的地下画室？这么看来，这个叫汤川的男人有什么秘密。"

"好在福尔摩斯没事。"片山说，"另外，科长……"

片山告诉栗原关于田所由香和她爷爷的事。

"我想尽我所能地保护那个孩子。"

栗原面露难色："这个有点儿难。在日本这个国家，无论当事人多么无耻，多么卑劣，只要是血脉相连的亲人，就能优先享有监护权。"

"我知道。但如果把由香交给那个田所茂哉，她就不知会被折磨成什么样子。"

"没道理，"晴美愤然表示，"哪怕不是亲人，如果能真心为孩子着想、照顾她，对她本人来说肯定比那种混蛋爷爷更好啊。"

"那个孩子会怎样，要看片山。"

"嗯？"

"你不是被那家伙揍了嘛。谈论他孙女的监护权之前，先以伤害罪把他抓起来。"

"还可以这样啊。"晴美不由得站起身。

"是啊……完全没想到。"片山说，"可以这么做吗？对由香来说，毕竟是她的爷爷。如果看到爷爷被捕……"

"你要做好人，也得讲分寸吧？"晴美看不下去了，"如果不这样做，到时候就不是你的脚而是那孩子的脚会被她爷爷打断了。"

片山被晴美的话警醒。

"明白了，但我不知道他躲在哪里……"

"他一定会再来的。"晴美胸有成竹。

片山非常羡慕妹妹如此有魄力，有主见，而且他知道，事实往往证明妹妹说对了。

"是啊……"

栗原一边想心事一边问："刚才说今晚有活动？"

"说是有假面舞会。那位老师真会搞花样。"

"要戴面具？不过对画家而言，这是再好不过的题材。"

"科长，你也要参加？"

"作为住客之一，岂有不参加的道理？"

"当然。哥，你也去。"

"别……戴假面有意义吗？一看拐杖就知道我是谁。"

"知道也无所谓嘛……而且你可以一直坐在椅子上，那就不会露馅儿了。"

"但是……"

"哥去了，还可以从她那里打听到更多消息。"

"她？"

"就是恋着你的她呀，也是让你这条腿变成这样的人。"

"你说汤川笑子啊。"

"对。如果这家酒店真有秘密，笑子应该知道。"

"如果那位地下的怪人真是画家，"栗原说，"一定会戴上假面参加舞会的。"

"为什么？"

"这是同为艺术家的直觉。"

虽然片山觉得栗原这话最不靠谱，却不敢当面指出。他觉得哪怕只有一点儿可能，只要能问出有助于找到福尔摩斯的线索，他就必须去。

"知道了，我试试看，但不知道行不行。"说到这里，片山突然想到：为什么神林突然取消演讲？一定有秘密。

"打扰一下。"

片山一惊。现实中往往发生这种偶然事件——刚想到的某个人突然出现了。

"我正打算回房间。"栗原站起身，"您找片山？"

"是。"浅井瞳说，"关于神林老师……"

"你们慢慢谈。"晴美也起身，"哥，过会儿见。"

单独被留下的片山有些发慌，但又想到，这里是酒店大堂，客人进进出出……

"抱歉，打断你们谈话了。"

"没事。"片山摇摇头，"您要喝什么？……河合！"他叫来服务生，点了两杯咖啡。

"您知道了吧？"浅井瞳直奔主题.

"演讲取消的事？"片山说。

"是的，老师说，对想听演讲的诸位感到非常抱歉。"

"说是身体欠佳？"

"不，他精神得很，身体欠佳只是借口，您应该明白吧？"浅井瞳耸耸肩。

"真正的原因是？"

"您记得吧？夫人说，老师总会在报纸上寻找话题。"

"记得，当时神林老师还很生气。"

"因为被夫人当众戳穿了。"浅井瞳说，"所以今晚的演讲不能用这招了。我试着想了几套方案，但……"

"神林老师都没同意。"

"是。老师说：'那婆娘肯定已经作好准备，要让我当众出丑。'"

"所以干脆中止。"

"真的很没出息。但我正是被老师这种没出息、不靠谱之处所吸引的。"

片山有些意外。

浅井瞳很快猜到："是不是我弟弟说了什么？"

"不是……"

"他是不是说我为了钱才跟了老师，是个可怜的姐姐？我弟弟什么都不懂。男女之间，冷暖自知。不是吗？"

"你的问题让我无法回答。"片山老实说。

浅井瞳微微一笑："您这种人很少见。"

"是吗？"

"'你的问题让我无法回答。'男人一般不会说这种话。"

"但我真的无法回答。我很不擅长和女性打交道。"

"一般人都不会这么说。连可能一无所知的老师也总会把'女人就是这样的嘛'之类的挂在嘴边。"

"是吗？"

"抱歉，我多嘴了，"浅井瞳说，"其实我有事相求。"

"求什么？"

"老师很害怕。"

"害怕？"

"刚才需要打扫房间时，老师不想待在屋子里，来到走廊上转悠，听到有人窃窃私语，说什么'不能留活口''趁他一个人的时候'……"

"谁说的？"

"老师说没看见。"

"听了那些话，老师觉得在这家酒店有可能被谋财害命的重要客人只有自己，觉得肯定有人要害他。"

"真没想到……"

"老师是认真的。"

"因为担心，所以决定中止演讲？"

"那是原因之一，"浅井瞳说，"说要举办假面舞会也是因为这个。"

"我不懂，大家都戴上假面，岂不是更危险？"

"老师说，如果有人想害他，就一定会出现在舞会上。"

这话听着和栗原一个风格。

"老师希望您能趁此机会抓住嫌疑人！"

想得太简单了！

片山叹了口气。

"你听好了。嫌疑人并非一定要在舞会上做什么。你家老师虽然这么希望，但事实上不可能如此简单。"

"如果是您，就一定可以！"浅井瞳说，"您选哪个？"

"什么哪个？"

浅井瞳站起身朝大堂走去。桌上摆放着各种面具，浅井瞳拿起一个摆在自己脸上："我选这个。片山先生选哪个？"

"不知道！"片山耸耸肩，一肚子郁闷……

16　黄昏时分

"对不起，让客人做这种事。"

双手捧着礼服裙和燕尾服的汤川笑子说。

"没事，这么小的事，乐意效劳。"石津为了证明自己能干，把比笑子手里多一倍的衣服装上推车。

"居然有这么多行头可以借。"一起帮忙的晴美累得有些气喘。

"很久以前，这附近很流行素人剧场。"笑子说，"租赁服装的生意很兴旺。"

"都存放这个仓库里了？"

他们从镇上的仓库里搬出一大堆令人瞠目结舌的华服：法国宫廷风格的蓬蓬裙、吸血鬼风格的斗篷……都是平时不敢穿出门的。

"但现在没有人穿了，老板本来打算扔掉，"笑子说，"我们联系他的时候，他说'拿去吧，不要钱'。"

"不过穿这种能演什么？小宝家吗？"晴美苦笑，问石津，"还有吗？"

"多着呢，不过拿太多回去也是浪费。"

"是哦。按人数拿就行，让大家自己选。我穿什么好呢？"

"那我把仓库锁上了哦。"笑子说着用借来的钥匙锁上仓库大门。

"石津，你来开车。"

"好，不过我对道路不太熟。"

"那我坐副驾驶座带路。"笑子说着绕到小车的另一边。

晴美有些虚脱地倒在后座的衣服堆里。

日落得比较早。

周围渐渐暗下来。

石津开着小车驶过小镇。

镇上不算热闹。日落时分，行人稀少。

"晴美小姐，你还好吧？"笑子回头问。

"嗯，把华服当靠垫可舒服了。"晴美说，"笑子……"

"什么事？"

"你们家的酒店是本来就有的建筑吗？"

"是啊，装修过几次而已。"

"有地下室吗？"

"地下室？有红酒窖，但不算地下室。"

"没事了。"晴美摇摇头，"出小镇了？"

车子稍稍提速，也开了远光灯。

石津握着方向盘说："弯道太多，不能开得更快了。"

"安全第一，不着急，反正也不远……啊！"晴美之所以尖叫，是因为车子来了个急刹车，她和一堆衣服扑到了副驾驶座的椅背上。

"石津！"

"有人突然晃晃悠悠地跑出来！"石津出了一身冷汗，"抱歉！你没受伤吧？"

"没事。是什么人？"

"好像倒下了，但并没有撞到车子。"笑子说着从副驾驶座下了车。

晴美拨开衣服，拉开后座移门走到车外。

"是不是喝醉了？"笑子说。

"等一下，"晴美觉得很眼熟，"这个人是……"

仰面倒在路上、嘴里"嗯嗯呀呀"念叨着的是由香的爷爷田所茂哉。

"味道好重！"笑子皱眉。

"奇怪。"虽然酒气浓烈，但似乎不是从嘴里吐出来的。

晴美蹲下身，摸了摸田所的衣服。

"是湿的。他不是醉酒，而是被下了药才晕乎乎的。衣服上也被泼了很多酒。"

"为什么要做这种事？"

晴美从田所跑出来的地方看去，屋宅间一片漆黑。

"晴美。"石津担心地下车走过来。

"别担心，幸亏你及时刹车。这是由香的爷爷。"

"就是他把片山前辈打成那样？要不要我一脚踢飞他？"

"不行。送他去镇上的医院吧，不能把他丢在这里。"

"是啊……要不，把他弄上车顶？"石津不是很上心，但还是听晴美的话，把他弄进了车里。

车子掉头开向镇上最大的医院。

晴美趁医生给田所看诊的工夫打电话回酒店。

"田所？"片山有些意外，"有人要杀他？"

"只有这种可能。医生正在看诊。"

"有人躲在暗处。"片山终于想明白了，"这么看来，那件事就讲得通了。"

"怎么办？要告诉由香吗？"

"她还没平静下来，再等等。"

"好。后面的就交给医院了。"晴美挂上电话，负责看诊的医生走过来。

"医生，他怎么样？"

"要做进一步检查才知道，不过肯定是被下了药。"

"会危及生命吗？"

"那倒不会，估计明天就会清醒。"

"明白了。拜托您。"

晴美离开医院。

由于这段插曲，小车开回酒店时，天色已完全黑下来。

"为大家准备好简餐了。"饭泽站在餐厅门口说，"大家享用完，我们会把餐厅布置成舞厅。"

石津明显松了一口气。站在他旁边的片山看出来了。

"饭还是得坐着吃。"

对石津而言，最怕舞会开始之后什么都吃不到了。

餐厅一角摆着一架旧的三角钢琴。大家之前还以为那是仅仅作为装饰的。

"妈妈！"瞪大眼睛、一脸不可思议的是须田希江。

伸代正欢乐地弹着钢琴。

"真没想到。"须田康广也一脸震惊。

希江跑到钢琴边上："弹得好棒！"

"还行吧。"伸代朝希江眨了下眼，"以前我曾立志成为一名钢琴家。"

　　"是吗？"希江看着键盘。琴键上，轻盈跃动的白皙手指仿佛一个个芭蕾舞者。

　　音乐……

　　这是什么？

　　由香从睡梦中一点儿一点儿回到现实。

　　我在这里干吗？

　　躺在床上很舒服，但是……

　　有人在朝自己靠近。

　　由香分不清是梦还是现实。

　　"起来……"那个声音喃喃地说道。

　　不要……不要！

　　我要一直睡下去。因为害怕爷爷，所以没睡过什么安稳觉，现在要补睡回来……

　　"起来！你爷爷在等你！"

　　不要！我不要回爷爷那里！

　　"你爷爷在医院里快死了。他在等你。"

　　爷爷？

　　"你爷爷快死了，你忍心不管？"

　　爷爷……

"他是把你养大的人，你打算丢下他？"

但是……但是……

"去吧，在镇上的医院。"

镇上的医院？爷爷？

"你不是那种忘恩负义的人吧？"

我……我不是忘恩负义的人！

由香在痛苦中醒来。

她听到关门声——有人走出去。

爷爷住院了？

由香缓缓下了床。

走出房间，她清楚地听到了钢琴声。

头好晕。

她扶着墙朝餐厅走去，热闹声渐渐变大。

她朝里面探头看，见大家边吃边说笑，还有人弹钢琴，轻快的曲调在助兴。

这不是我该待的地方。

我应该回去和爷爷一起生活。

留在这里只会给片山先生添麻烦。

由香的心一阵痛楚。

趁现在……趁现在……走吧。

由香转身走向玄关。

永别了，片山先生……

晴美站在洗手间里，打算回餐厅。

"抱歉。"

晴美回头一看："哦，你是客房服务部的……"

"我是林寿美江。抱歉，有件事想麻烦您。"

"什么事？"

"饭泽让我去酒窖拿红酒，您能和我一起去吗？"

"当然可以。"

"谢谢您！"美江摸了摸胸口，"这边请。"

通往地下的台阶很窄，仅容一人勉强通过。

"我害怕暗的地方。"林寿美江说。

"我明白。"

"而且……灯的开关在这里。"

打开灯，晴美看到摆满红酒的架子。

"是十八号架子……这里，让我从这里拿三瓶上去。"

"我来拿一瓶。"晴美说。

"麻烦您了。之前我在这里打扫的时候，有个架子突然动了，我看到一个通往地下更深处的入口。毕竟是老房子嘛，秘密有很多呢。自那以后，我就不敢一个人过来了。"

晴美听了，心里"咯噔"一下。

"这里有通往更深处的入口？"

"是的。"

"告诉我在哪里。"

"但是，很可怕的。"

"我不怕，我想知道。"

"好吧，"美江从架子上取走红酒，"后面有按钮……"

晴美把手伸进去，按了一下，"嘎哒"一声，架子缓缓打开了。

"好厉害！"

果然，画室就在酒店地下。

"什么都看不见嘛。"晴美站在入口处，感受着下方吹来的冷风，"谢谢你告诉我。"

"不客气。"寿美江的语气陡变，"你慢慢下去吧。"从背后推了晴美一下。

晴美"啊"地叫出声，从台阶滚下去。台阶突然中断，晴美笔直地坠入黑暗。

"咚"的一声，身体坠地。

地上似乎铺了床垫状的东西，否则腿就摔断了。

头顶的门关了。

"等一下！你干什么！"晴美怒吼。那个女人明显是故意推她下来的。

那个女人？不是普通的客房服务部负责人。

滞留在黑暗中的晴美朝周围的漆黑看去……

17　幕升

"老师！老师！"浅井瞳敲门，"您没事吧？老师？"

房间里传出声响。

"谁？"是神林的声音。

"是我，您听不出我的声音吗？"

"真的是你？"

看来是真怕了。浅井瞳苦笑："需要接头暗号吗？"

"咔嚓！"门锁开了。

"附近没有别人吧？"把门打开一条细缝，神林只露出了一只眼睛。

"没有。"

"好，进来吧。"

浅井瞳走进屋。

"老师，您得快点儿换衣服，舞会已经开始了。"

神林还穿着睡袍。

"我后来又考虑了一下，觉得出席这种舞会太危险了。"

"都到了这个时候，您还说这些？是您提议要开舞会的。"

"我知道！但古人云，君子不立危墙之下。"

"片山先生都答应了，您快点儿换衣服吧。"浅井瞳强行扒下神林的睡袍，"快，穿上这件衬衫！"

"尺码不合适……"

"少废话！"

浅井瞳态度坚决，神林只得认输。

"知道了……"神林脱去睡袍，接过浅井瞳递来的大红色衬衫，"要穿得这么花哨吗？"

"老师！您平时穿得更花哨！"

"怎么可能……而且这上衣还是银闪闪的……我又不是演歌歌手。"

"老师，是您说要举办假面舞会的！"

"我知道……"

"您如果不穿得亮眼些，片山先生就算有心想保护您，也不知道哪个是您。"

浅井瞳的劝说非常奏效。

"是哦，没错！好嘞，在这件上衣上再弄几个一闪一闪的灯泡如何？"

"又不是圣诞树。"浅井瞳忍住笑，"您穿上这一身，再戴上面具，足够惹眼了。"

"好好好……给我领结。"

浅井瞳为神林戴上只需往脖子上一套的领结。

"夫人呢？"

"在睡觉。"

"不去舞会？"

"她不屑，说傻瓜才去。"

"确定不去？我再去问一下吧。"

"问了也白问。"

"晚饭呢？"

话音刚落，卧室的门开了，佐知子从房里走出来。

"我一个人睡好无聊。这种时候，选择和大家一起开心才是成年人的作派。"一身玛丽·安托瓦内特①王后风格礼服裙的佐知子看起来颇有法国王朝的贵族范儿。

"你……要穿成这样出去？"神林很无奈。

"不行吗？"

"不是不行……"

"很适合您，"浅井瞳说，"但会不会太小了？"

"什么意思？你觉得我胖？"

---

① 法国国王路易十六的妻子。

"不是那个意思。"

"我就穿这个出去!"佐知子正要回卧室,突然想起,"提供食物吗?"

"等老师换好衣服,我去叫客房服务送餐过来。"

"那就拜托了。如果空腹穿这条裙子,我会贫血的。"

佐知子回了卧室,把门关上。

"我得和她一起去?"

"她现在心情很好,这是好事,不是吗?如果一味奉承,她会唱反调。我刚才是故意说她的裙子紧。"

神林这才放轻松地笑了。

"你很懂嘛。"

"也不是啦,就当作赔罪。"浅井瞳说,"快穿好上衣。要是太紧,就把缝线剪开,用别针别住就行。"

神林像是故意和妻子作对似的附和道:"没问题!"

"没别的选择了?"

片山无奈地提问。

"还剩下女士晚宴裙、啦啦队制服,要吗?"石津说。

片山叹了口气:"知道了,就选这件吧。"他站到镜子前,"若能变成蝙蝠倒好了。"

片山穿上了吸血鬼德古拉的衣服。

"德古拉是伯爵，很适合出席舞会。"石津向他保证道。

确实，虽说是比较夸张的燕尾服，但披上长斗篷看起来确实像那么回事，而且一旦真有情况，也不妨碍行动。话说回来，他的脚都骨折了，不可能去追嫌疑人。

"去吃饭吧。"

"石津，你穿什么？"

"我吗？我……没什么特别的。"

"别藏着掖着。"

"不是的，只是穿上了就不能吃东西。"

"不能吃东西？"

"嗯。"

有人敲门。

"片山先生，我来接您了。"是汤川笑子的声音。

"啊，快请进。"

笑子打开门："片山先生！"瞪大了眼睛，"太棒了！"

"不用说客套话。"

"我是说真的！对了，您知道晴美小姐在哪里吗？"

"晴美？她不在？"

"不在房间，也不在餐厅。"

"石津，你知道吗？"

"不知道，我一直在这里服侍前辈您啊。"

"让你受累了。"

奇怪，晴美会去哪里？

"应该没事，再等等。"片山说。

什么没事！

如果晴美听到片山这句话，一定会骂他吧。

黑暗中，虽然没有受伤，但完全不知道自己身在何处……

四周一片漆黑，但不至于向前一步即是万丈深渊。

晴美试着伸出手，摸到像是墙壁的东西，稍微安心了。

如果沿着墙壁前行……

指尖碰到某种柔软的东西。

这是……感觉像布料。

但下面又有弹性。

"好痒！"一个声音突然冒出来，吓得晴美跳了起来。

"谁？是谁？在这里干什么？"

"等一下。"那个声音说。

晴美听到有人起身的声音。

然后一下子亮堂了。

眼前比她伸手乱摸时所想象的更狭小。准确地说，这里是一条通道。

里面应该更宽阔。晴美想到了寻找福尔摩斯时发现的那间不可思议的画室。

开灯的人披了一件拖地长斗篷，背对晴美。

雪白的头发垂落肩膀。

"你是谁？"晴美问。

男人缓缓转过身。

话说前头，晴美绝非少根筋或不够敏感，跟着哥哥参与了那么多案子，她早已见惯尸体的惨状。所以当此刻眼前出现半张白骨脸时，她一眼就看穿是化妆术。

不过看这个男人故意慢慢转身向她展示这张脸的架势，晴美判断，他就是想让女生尖叫。

晴美认为，以自己的处境，配合对方表演才是上策。

"哇！"她故意大叫一声，假装晕倒在地。

"这么迟钝啊。"男人说。

要你管！假装晕厥的晴美在心里回嘴。

以为这种小儿科就能吓倒片山晴美？大错特错！

"先想办法搬走……"男人嘟囔着朝里走去。

他要干什么？

晴美眯眼看到男人弄来一辆推车。"走嘞！……哟……这么重！"男人费力地想把晴美弄上推车。

对不起，我就是这么重！美女哪有这么容易被弄走！

事实上，男人把成年女性轻松抱起就走的画面，只会在电影里出现吧。

这个谜一样的怪人，从白发和举止来看，年纪不小了。

好不容易把晴美弄上车，男人一屁股坐下，喘了好一会儿。晴美被塞在推车上，身体很疼，一度想放弃假装晕倒，结果还是忍住了没动。

上了年纪的怪人终于站起身，推着推车朝里走。

果然。

眯眼观察的晴美看到自己确实被推向那间洞窟中的画室。

"嘿哟……嘿！"怪人又费力地把晴美从推车上搬下来弄到沙发上，摆出横躺的姿势。

又是一阵喘气。

"比看上去重好多啊。"

这么多牢骚！

花了很长时间，怪人才重新直起腰杆。

他脱去了斗篷，又开始了新的折腾。

晴美继续假装晕厥，闭着眼，一动不动。

"就这样吧。"晴美听到男人说了一句，朝自己走近，紧接着感觉到男人在摸她的衣服。

一瞬间，晴美有些犹豫。

他在脱自己的衣服！开什么玩笑！

若在平时，她早就起来给他一拳或踢他要害了。但是现在她更想知道福尔摩斯的下落，以及这个男人到底在想什么。

晴美决定继续忍耐。

男人给晴美脱衣服也费了好大的工夫，但晴美从他的动作中没有感觉到任何猥琐的念头，纯粹是工作式的、办理手续的感觉。

"好嘞……"男人累得气喘吁吁，终于把晴美脱光了。

"嗯，还不错。"男人似乎很满意，"累也值得。"

男人对着横躺在沙发上的晴美，"刷刷刷"地开始素描。

闭着眼的晴美听到笔在纸上飞速滑过的声音。

突然，她听到一个熟悉的叫声。

"喵——"这绝对是福尔摩斯的声音。

被脱光衣服都始终忍住没动的晴美再也忍不住了。

她霍地一下站起身，大叫："福尔摩斯！"

正在素描晴美的怪人——不对，现在他没有戴面具，只是个普通老人——看见突然跳起的晴美，吓得仰天摔倒，发出"呜呜呜"的呻吟声。

　　"什么呀，"晴美走到近旁，"是你自己晕过去的，不关我的事哦。"

　　"喵——"

　　晴美紧紧抱住福尔摩斯，亲吻如雨点般落下。

　　福尔摩斯也沉浸在与晴美重逢的感动中。

18 小题大做

由香跑出酒店，走在夜色中。

幸亏有月亮，路上不算太暗，否则也许已经一脚踏空，掉进湖里。

稍微走了一会儿，由香停下脚步。

钢琴声越过湖面传入由香耳中，是希江的母亲在弹奏吧。

由香眺望酒店。昏暗的湖面映射、摇曳着酒店的灯光。

窗户明亮，客人很多。

却没有我的容身之所。

是的，能待在那里的只有极少数幸福的人。

我肯定不在其中。

持续盯着那片灯光，由香突然觉得光线晕染开来，不知何时，自己已泪流满面。

片山先生……

那时候，爷爷命令我踩你的脚，你说："没关系，踩吧。"

你知道那样一来你会有多疼。

这个世界上还有像你这么好的人。

知道了这一点，我就很满足了。

由香觉得能在有生之年遇到片山，真好。

"永别了，片山先生……"

她准备继续迈步。

"福尔摩斯？"

道路中央端坐着福尔摩斯，直直地看着她。

由香眨了眨眼，反复确认。

"福尔摩斯……你不是失踪了？"

她听到："不能走！"

"啊？"

"你可以幸福的。"

"福尔摩斯……"

我是怎么了？是不是不正常了？

福尔摩斯再聪明也不可能说人话呀，而且那声音仿佛直接抵达大脑……

"世间的每个人都有各自的悲苦。"

"每个人？"

"无论看起来多幸福。一定会有明亮的窗户为你而开。"

"为我而开？"

"是的，很简单，你只需伸手去推，那扇窗就能打开。"

"只需伸手去推？"

"很多人会觉得'肯定不行'，所以打从一开始就不去推，这样的人只会一辈子活在'不走运'的抱怨中。你别那样。"

"但我爷爷……"

"你不想老了以后也变成你爷爷那种人吧？"

"嗯！"

"那就回去，回到明亮的窗户里。大家都会欢迎你的。"

"没有人会关注我这种人。"

"你错了。看！"

"嗯？"

由香回头一看。

两个人正从酒店方向朝自己跑来。

"片山前辈！她在这里！"石津叫道。

他身后是拄着拐杖的片山，还披着奇怪的斗篷。

"由香！你待在那里别动！"片山大叫，"别逃避！"

由香热泪盈眶。

"片山先生……"

拖着一条受伤的腿还特地来找我……啊，要摔了！

"片山先生，您待在原地。"由香大叫，"我不逃了。"

是的，再也不逃了。

"太好了！"

由香来到片山面前。

"服务生河合说你不见了。我们都担心你会做傻事。"

"对不起。"

"走，回去吧。今晚有舞会。"

"还有晚饭呢。"石津补充道。

"对了，刚才福尔摩斯在那里……"

"福尔摩斯？"

由香回头一看，路上并没有福尔摩斯的身影。

"刚才明明在那里……真的。"

"嗯，我明白。"片山点点头，"福尔摩斯总会在人们需要的时候出现。"

是嘛……也许真是那样的。

谢谢你，福尔摩斯。

由香在心中反复道谢。

面具这种东西总会让人兴奋。当然，衣服也一样。不过，面具能隐藏人的表情，衣服则不能。

热热闹闹地吃完晚饭，工作人员收拾了桌椅，把餐厅布置成假面舞会的会场。

"晴美这家伙到底去哪里了？"

坐在酒店大堂的沙发上，片山歪着脑袋想不明白。

她不像石津那样爱吃，也不是减肥不吃饭的人。

他想去找，却受制于腿伤。

石津吃完晚饭，回房间去穿今晚的行头。

"科长！你这身是……"

有一秒钟，片山以为栗原假扮成保姆或幼儿园老师。

但他又头戴贝雷帽，穿着画家在画室里常穿的罩衫。

"怎么样？我这个'健全时期的梵高'还不赖吧？"

"原来是梵高啊。"

栗原还装模作样地咳嗽了几声，俨然是那位天才画家。

"这幅画真棒！"栗原又站在那幅壁画前赞叹不已。

舞会的主办方神林走过来。

"哟，这是德古拉伯爵嘛。"

看着像个谐星，从头到脚非金即银，晃瞎别人的眼睛，还戴着大大的蝴蝶领结。

一同走来的佐知子则穿着令人吃惊的宫廷风格蓬蓬裙。

"是玛丽·安托瓦内特哦。"她自我陶醉地介绍道。

但在片山看来，她更像安托瓦内特的母亲玛利亚·特蕾莎——被称为国母的哈布斯堡-洛林王朝的女王，生了十六胎的大女人。

"好美!"栗原言不由衷地称赞道。

跟在神林夫妇后面的是浅井瞳,穿西装,和平常一样。

"你怎么不换装?"片山问。

浅井瞳调皮地笑。

"我今天扮演的是能干的女秘书。"

"你太有心机了吧!"刚走过来的希江说。

"呀,你这是海蒂?"

"嘿嘿。"

古典衬衫搭配背带裙,希江看起来正是与其年龄相符、稚气未脱的少女。

"那孩子怎么样?"片山问。

片山刚才把由香拜托给了希江。

"来了!别害羞,快过来。"希江冲由香招手。

由香非常腼腆地走过来,是小红帽造型——戴着可爱的头巾,手里提着篮子。

"哇!好可爱!太适合你了!"栗原说,"想画下来了。"

众人鼓掌。

其他客人也纷纷来到大厅。

由香害羞地红了脸,难言心中喜悦。

片山从希江与由香对视的眼神中察觉到，她俩现在穿的都是对方先选中的。

"晴美姐呢？"希江问。

"是呢……"片山含糊其辞。

"啊！"走廊里传来一声惨叫。

片山记得这个声音，是汤川笑子爆发力极强的惨叫声。

笑子"咚咚咚"一路跑来，大叫："熊来了！"

在她身后，像个大力士、走一步震动一下、向大家踱步而来的确实是一头熊……

"哎哟，是石津。"希江说。

"吓到人家啦。"笑子笑着温柔地摸了摸熊脑袋。

"穿成这样不热吗？"片山问。

石津摘下熊脑袋抱在手里，埋怨道："特别闷热。干吗要我穿这个嘛？"

"因为只有这个适合你呀。"

难怪石津换装前一定要吃饭，穿上熊服装确实吃不了了。

"还好你是头熊，如果是条狼，就要把我吃掉了呢。"

"放心，我现在肚子饱着呢。"石津认真地回答道。

"太有趣了。"神林乐呵得像个孩子。

"请大家进入大宴会厅吧。"河合招呼众人入场。

"你怎么没换装？"神林问。

"服务生要跑来跑去，换装不方便。"

"这倒是。"神林说，"走吧，我的王后。"说着挽起佐知子的手臂。

"演得像真的一样。"目送神林夫妇走开，穿便装的浅井雅人嘲讽道。

"嘘！这种话怎么能这么大声说。"浅井瞳提醒道。

"因为我很诚实。"雅人端着小型摄像机，"今天会拍下全纪录。"

"多拍些美女。"浅井瞳拍拍弟弟的肩膀，"走吧，去大宴会厅！"

"不就是餐厅嘛。"

姐弟俩离开了酒店大堂。片山站起身。

"吸血鬼还要戴面具？好奇怪。"

"毕竟你长得太善良，不像吸血鬼。"

片山非常认同希江的这番解释："原来如此。"

由香用手肘戳了一下希江。

"你别对片山先生甜言蜜语哦！他对我来说非常重要！"

"巧了，对我来说也是。我绝对不让。"

俨然竞争对手的两个女孩以眼神对峙，火星四射。

19　杀意之环

餐厅在饭泽与河合的精心装饰下，颇适合举办舞会。

其实没几个人在跳舞。一开始，随着河合播放的华尔兹舞曲，尚且有几个人跳跳扭扭的。渐渐地，酒精下肚后，跳舞的人越来越少。

"折腾半天，就是立餐会嘛。"负责拍摄的浅井雅人说。

片山当然没法跳舞，也不能喝酒，只能呆坐在角落的椅子上。舞会开始一个多小时了，他一直在担心晴美。

"真奇怪……"

她不可能这么久了都不来。

片山拄着拐杖站起身。

希江突然跑到他边上："片山先生，您没事吧？"

"嗯，我有点儿担心晴美，想去她房间看看。"

"我去吧，片山先生，您坐着。"

"但是……"

"如果敲门没人应，我就请汤川先生开门进去看看。"

钢琴声响起了。

"是我妈妈弹的。片山先生，你坐着好好欣赏吧。"

"好吧，那……"

希江跑出餐厅。

来到晴美房间门口，希江先敲敲门。

"晴美姐！在吗？"

没人应答。

希江耸耸肩，正打算回去。一个黑影窜出来。

"哇！"希江忍不住叫了一声，"干吗？石津！"

站在希江面前的是头熊。"你来找吃的？"希江揶揄道，"我也正好口渴。我们去厨房吧。"

熊点点头。

希江拉着熊爪走向厨房。

此刻这里没有其他人。

希江打开大冰箱，取出果汁倒在杯子里。

"你也喝果汁吗？我帮你倒一杯吧。"她刚想把果汁放回冰箱，看到熊打开一扇厚重的门，正朝里张望。

"啊，那是冷冻库吧。"

希江走近冷冻库，从熊的腋下朝里张望。

"里面有什么好玩的？"

突然，熊伸手猛推希江。希江倒地时额头重重地撞在水泥地上，当场晕过去。

啊，好疼。

希江渐渐恢复了意识。

怎么回事？怎么这么冷？

浑身发抖，寒气渗入体内。

过了好一会儿，希江才弄清楚自己的状态——嘴里塞着布，手脚被绑起来，倒吊着。

这里是冷冻库！

希江看着周围挂在钩子上的一条条生肉。

好冷！白色冷气好似旋涡。

救命！

然而希江完全动弹不得。

难道要这样冻死？

片山先生！救我！

希江拼命挣扎。

"太奇怪了。"

片山反复敲晴美的房门，感到匪夷所思。

晴美不见了，来找她的希江也没回去。

"啊，片山先生，怎么了？"须田心情大好。

"呃……您看见希江了吗？"

"没啊……那孩子古灵精怪的，肯定没事。"

"您喝醉了吧。"

"有点儿……比起以前可差远了……也不是太久以前，我曾痴迷于红酒，还特地报读过品酒师课程。"

"哦。"

"据说这儿有很多美酒，今晚拿出来的都是高档货。"

"是吗？"

"餐厅里的喝完了，他们叫我去酒窖挑喜欢的。我去啦。"

"您走好。"

片山沾不得酒精，跟他聊红酒根本就是对牛弹琴。

须田虽然醉了，但酒窖的位置还是认得的。

"是这里……"他打开门走下台阶，看着四周的红酒架，"这里是天堂！"忍不住拍手。

每一瓶都好，每一瓶都想拿，但两只手拿不了太多。

他正苦恼于不知该选哪几瓶，感觉有人来了。

"是你啊，"他松了口气，"帮个忙，我一个人拿不动。"

"当然，"对方说，"多来几瓶吧。"

"不能再多啦。"须田来不及收起脸上的笑容，只见眼前的红酒架慢慢倒向自己。

"危险……"酒醉令须田动作迟钝。

话音未落，架子已压倒须田。掉落的红酒瓶碎裂了、散开了，声音响彻酒窖。

好冷……

希江感觉自己正在渐渐失去意识。

就这么死了？

对不起，妈妈，虽然想好了要从头来过。

但是好困……这样下去，会被活活冷冻的……

未来，如果片山先生吻我一下，也许能解冻恢复原状。

好困……片山先生，晚安……

快要失去意识的时候，希江突然听到了猫叫声。

"您辛苦了。"饭泽为弹罢钢琴的伸代递上酒杯。

"谢谢。好久没弹得这么尽兴了。"伸代有些出汗，"好热啊！对了，这架钢琴是不是有些倾斜？"

"是吗？可能是因为太旧了……"

"弹起来总觉得有点儿奇怪。"伸代说，"我老公呢？"

"刚才说要去酒窖里拿红酒。"

"真是贪杯。"伸代笑。

喝完杯中酒，伸代想把杯子放在钢琴上，不料手一滑，杯子掉在地上，发出清脆的声响，碎裂开来。

"对不起！"

"太危险了，我来收拾。"河合跑过来蹲下身，把碎片收在餐巾里。

"弹得真棒！"神林高兴地走过来。

"您过奖了。"

"终曲请一定弹一首肖邦！"

"说到钢琴曲，老师只知道肖邦。"浅井瞳说。

"没那回事！我还知道《月光曲》。"

"还有《致爱丽丝》，是吧？家喻户晓。"伸代笑道，"那我来一首肖邦的圆舞曲吧。不过没什么自信，"伸代朝键盘歪了歪脑袋，"可能会弹错。"说着站起身，"请允许我小小地作弊哦。"走到靠墙的桌子旁，桌上有不少乐谱。

"圆舞曲……"伸代背对钢琴寻找乐谱。

三角钢琴缓缓移动，朝正在寻找乐谱的伸代滑去。

"危险！"有人大叫。

沉重的钢琴冲伸代加速滑动。

闻声回头的伸代被眼前的一幕吓得动弹不得。

如果钢琴撞上墙壁，伸代就肯定会被夹在键盘和墙壁之间。三百公斤重的钢琴离伸代越来越近……

突然，一头熊——石津飞扑到钢琴前方。

"嘿！"石津双脚立定，用尽全身力气顶住了钢琴。

"快逃！"片山大叫。

浅井雅人放下摄像机冲到发呆的伸代面前一把将她拽走。

石津迅速松手，趴倒。钢琴结实地撞向墙壁。

"石津！没事吧？"片山赶过来。

"还行，"石津趴在钢琴底下，"出不来了。"

"大家一起帮忙抬一下！"

伸代回过神："奇怪了！钢琴下面的轮子应该是锁住的。"

"被人打开了。"雅人看了一眼。

"竟然两边都打开了……"

"是谁干的？"片山见石津爬了出来，"查一下地面。"

"地毯下面好像有东西。"

"被人故意垫高了。这样一来，只要打开轮锁，钢琴就会自行滑动。"

片山看向伸代："您有什么头绪？为什么嫌疑人盯上您？"

"没有……"

"希江和您先生也都不见了，您觉得是偶然吗？"

伸代脸色煞白。

由香突然大叫："另一个石津！"

众人回头一看，一个和石津穿同样熊服装的人站在那里。

"谁？"石津摘下头套，"要不，来场熊的对决？"

片山倚靠着钢琴。

"你刚才是在收拾打碎的酒杯时打开轮锁的，对吗？"

"没错。"那头熊说，"可惜剩下这一个没能解决。不过也好，失去丈夫和孩子的她会抱憾终身。"

伸代吃惊地问道："你把我丈夫和希江怎么了？"

"他们都断气了。"那头熊摘下头套，"这个对我来说太大了。"服务生河合自嘲道。

现场一阵沉默。

"那孩子在哪里？"伸代问。

"厨房的冷冻库。你老公在酒窖，被压在酒架下。"

"你说什么……"

"石津！快去厨房！"片山说。

石津穿着熊服装笨重地跑去厨房。

"我去酒窖！"汤川也跑了出去。

"希江！"伸代追随石津而去。

河合脱去熊服装："我没打算逃跑，"他说，"我只想报仇。"

"报仇？"

"向这家酒店的主人报仇。"

"你说汤川老板？"

"不是。酒店的主人是须田康广，从我父母手里买下这里并杀了我父母的男人。"

"你父母……"

"等一下。"栗原说，"你是那幅壁画的……"

"作画的是我父亲笠木广三郎，画中人是我母亲久子。"河合说，"我本名叫笠木修一。"

这时，突然有人大叫一声："希江没事了！"

"晴美！你去哪里了？"

石津站在晴美身后抱着用毛毯裹住的希江，旁边是伸代。

当然，还有一位……

"笃笃笃——"走进餐厅的正是福尔摩斯。

"欢迎回来，福尔摩斯！"由香冲过去。

汤川也回来了。

"酒窖里一塌糊涂，被压在架子下的须田先生……"汤川摇摇头。

"只解决了须田一个？好吧。"河合，不，笠木修一说。

"汤川先生，"片山说，"你不是这里的老板吗？"

"我只是受雇之人。"

"老板是……"

"我没见过，据说姓须田，但是这次来下榻的须田一家并不像是这里的老板。"

修一的脸"唰"地变得惨白："混蛋！怎么回事？"

"我们不姓须田。"伸代上前一步，"也不是一家人，以前素不相识。"

"怎么回事？"

伸代把他们如何被召集、如何受雇假扮须田一家都说了。

"我根本不知道我丈夫的真名。"

修一无力地瘫坐在椅子上喃喃道："怎么会有这种事？"

"这么看来，是真正的须田安排他们仨来这旦当替死鬼，"片山说，"因为他不知道笠木修一是谁。"

"太好了，这孩子平安无事。"

晴美抚摸着希江的头。

"妈，还好你没事。"希江说。

伸代紧紧握住希江的手。

栗原站到修一面前："你上了须田的当，杀了无辜之人。"

"那么真正的须田在哪儿？"修一吼道。

"我有一条线索。"晴美说，"把我推进地下画室的是客房服务部的林寿美江，她有个女儿——她们的真名应该是伸代和希江。"

"您真聪明。"服务员饭泽说。

"饭泽先生，你应该就是真正的须田康广吧？"

"没错。我把妻子安排在客房部，一家人吃住在这里，因为我不知道笠木的儿子会在什么时候、以什么方式出现。"

饭泽笑了笑。

"但现在已经没必要继续假扮服务员了。伸代！"林寿美江走过来，一身正装，与之前判若两人，手拉着女儿。

"畜生！"修一声音发抖，"卑鄙小人！"

"冷静点儿，"晴美走到修一边上，"给你见个人。"

"谁？"

顺着晴美的视线看去，只见一位老人站在门口。

"令人吃惊。"栗原说，"这位就是笠木广三郎先生吧？"

修一缓缓站起身。

"爸！"

惊得瞪大眼睛，一动不动。

"你们也很吃惊吧？"晴美朝饭泽一家看去。

"不……"饭泽刻意挤出笑脸，但他妻子的表情出卖了他们一家。片山注意到福尔摩斯敦促着石津走了出去。

不一会儿，石津抱着瘫软无力的须田走了回来。

"他还活着。"石津说。

"啊！老公！"伸代冲过去。

"你的脸色越来越绿了嘛。"栗原说，"看来得把这位真须田一起带走。"

"开什么玩笑！我做了什么要被带走？"

"没用的东西！"妻子叫喊道，"你不是说他死了！"

"闭嘴！"须田呼吸急促起来。

"一开始是被河合……后来我挣扎时，饭泽跑过来，我向他求救，他却笑着把架子往我身上推……"

"红酒瓶碎裂一地，酒液从酒窖门缝里流出来。"晴美说，"总之，现在该救护车和警车登场了。"

片山难以置信地看着眼前这番光景——一边是饭泽与妻子眼神无交流，各自沉默地坐着；另一边则是假扮的须田一家人相拥而泣。

20　新的家人

"这是我画的。"笠木广三郎望着墙上的肖像画，"为了隐瞒罪行。"

"此话怎讲？"栗原看向笠木。

"是我杀了妻子。"

片山等人面面相觑。

"您是说……"

"我怀疑妻子和我的一个学生有染。我太自私了，明明是自己出轨……"笠木叹了口气，"当时血溅到墙上，怎么都洗不掉。为了隐藏血迹，我在墙上画了这幅画。"

"但是被须田看到了。"

"是的。他把我关进地下室。我不知道过去了多少年。"

明亮的阳光照进酒店大堂。

"须田把这里占为己有，重新装修。我若不从，他就不给我吃的。我只能放弃反抗，求他让我继续画画。"

"但后来须田发现您的儿子可能会报复，就雇了汤川。"

"还假装成被雇用的服务员。"晴美点点头说，"他没离开这里，是要看着您。"

"他觉得我的画可以卖钱，还有利用价值。"

"神秘的天才画家，失踪成谜的噱头，画价一定飙升。"

"但为什么修一会以为您被杀了？"片山问。

"因为我生病了。"笠木说，"又不能送我去医院……所以须田骗来一位护士带到我那里。我病好之后就把她留下做了模特儿。"

"是雾子小姐吧？"

"她做模特儿的时候，突然游向那面湖。"

"然后找到了那艘小船，但体力不支，昏了过去……"

"您为什么没从那里逃走？"

"我不会游泳。"笠木说，"而且我习惯了地下生活，觉得那样也不错。"

修一曾留学海外，回国后四处寻找父母的下落，得知父亲的山庄被须田买走后，误以为父母已遭须田杀害。

"我对不起我的儿子。"笠木说。

"但就结果来看，修一没杀死任何人。"晴美劝慰道，"会轻判的。"

须田却不会有好结果。

杀死小野寺即浅井完治的是须田，也就是饭泽。

平时不喝酒的小野寺那天突发奇想，来到酒窖找红酒，无意间发现了通往地下的秘密入口。往下走的时候摔了一跤。饭泽发现后与想逃跑的小野寺打斗起来，小野寺不慎落水溺亡。

饭泽把小野寺弄上小船时不巧遇到晴美等人，于是他掀翻晴美的船后逃走。

据说，须田即饭泽坚称："没想过要杀他。"

"但要感谢他救了福尔摩斯。"晴美说。

"那只猫立刻找到了我寻找多年都没找到的秘密入口。"

"最早建地下室的人造了一段隐蔽的台阶，直达希江他们的房间，但须田不知道。"

"大家因此都得救了。"片山说。

"我太蠢了，"笠木叹气，"无论地上发生了什么，我只在地下画画就满足了——这根本不算是活着。"

"我很理解艺术家的想法。"栗原说，"但有人利用您的这种心理做坏事。"

"我对晴美小姐也做了失礼的事。"笠木低下头来，"真对不起。"

"看在您动机单纯的分上，原谅了。"晴美说。

"自从画了那位护士，我意识到自己画年轻女性的时候特别开心。须田也知道，护士逃走后，只要有别的女性模特儿，我就会很老实。"

"我可以考虑正式给您当模特。"晴美话刚说出口，片山就立刻瞪了她一眼。

"还有好多麻烦事要处理。"栗原说，"我先回去了。片山，这里交给你。"

"科长……"

"能否用红外线之类的检查一下那幅画下面是否有血迹？拜托联系一下鉴证科。"

"知道了。"

"对了，"栗原好奇地探身，"笠木先生，这幅画是怎么画上去的？"

越聊越跑题了。

片山叹了口气："我得一直在这里静养吗？"

"有什么不好？"

"总觉得又要出事。"

"没办法。你去哪里都会出事。是吧，福尔摩斯？"

"喵——"福尔摩斯叫了一声，打了个哈欠。

"我们先回去了，不能总在这里游手好闲。"

"我也要回去！"片山生气地说。

"哥，你在这儿有笑子陪着啊。"

"那才可怕！"片山说。

"到头来，命保住了，钱没了。"须田躺在床上说。

"是啊，"伸代点点头，"但我们都觉得这样挺好，也有了从头来过的勇气。"

"同意，"希江说，"三个人在一起很开心。"

病房里，三人沉默片刻。

"今天就回去？"

"嗯，傍晚的车次。"

又是一阵沉默。

"怎么说？"须田开口了，"我觉得我们仨在一起挺好的。当然……如果你们也觉得合适，今后就三个人一起过吧，好不好？"

"可以吗？"

"太棒了！"

三个人笑作一团。

"那我们得自我介绍一下真实姓名。我是仓林亮一。"

"我是富田佑子。"

"我是五十岚舞。"

三人看了看彼此，异口同声地大声说："请多关照！"

"那我们先走了。"晴美说着坐进车子。

"片山先生！"由香紧紧地抱住片山，"谢谢！"

"笠木修一说要为威胁你的事向你道歉。"

"是指我爷爷住院的事？"

"他说想让你走远些，那么我或石津也会去找你，如此一来就不会有人干扰他的计划。"

"我没事，但一想到爷爷成了病人……"由香的表情并不显得阴沉。

"关于你的将来，科长说会好好考虑的。"

"嗯。"

"走吧。"

"喵——"

披着睡袍的片山拄着拐杖挥手送她们离开。

石津和福尔摩斯也跟着一道回去了，片山觉得有些寂寞。

车子刚要离开。

"片山先生！"笑子像圆球滚过来似的从酒店里跑出来。

"怎么了？"

"刚才我在厨房里……"

只见田所突然出现在酒店玄关处。

"爷爷!"由香吓得叫了一声。

"别想把我孙女带走!"田所大吼,"我不会放过你!"

"哥,起火了!"

"他纵火了!"笑子说。

整栋酒店被烟雾吞噬。

"还有谁在里面?"

"大家应该都逃出来了。"

火势蹿至二楼。

"哈哈哈哈!"田所大笑。

"危险!石津!快把田所拉出来!"

石津立刻跑下车,但田所已身陷浓烟旋涡。

"爷爷……"由香目瞪口呆。

"没救了?"

片山摇摇头。

木结构酒店被大火完全吞噬。

"太可惜了,"石津说,"这儿的面包那么好吃……"

"爷爷……"

福尔摩斯跳到由香的膝盖上叫了一声。

由香紧紧抱住福尔摩斯。

"唉……"片山说，"怎么会变成这样……"

过了一会儿，晴美说："哥……"

"什么事？"

"你打算穿什么回家？"

解　说

大野由子

　　小时候，很多女孩喜欢公主的故事，男孩则把自己想象成故事中的英雄。

　　小时候，读故事的时候，总能把自己置于世界的中心。

　　然而，上了初中、高中以后，会发现自己并非世界的中心，只有极少数人会处于那样的位置。

　　为什么我没有那个人漂亮？

　　为什么我穷得读不起大学？

　　为什么我的脑子不聪明，也没有出众的长相？

　　……

　　有的人天生拥有美貌、金钱、才能、家人的爱和有保障的未来等幸福，为什么自己不是这样的人？人生太不公平了……越想越苦恼。

　　渐渐意识到，活着就是接受不合理，一路与痛苦相随。

　　从前的故事里总会出现毫无理由遭遇不幸的老人和孩

子。未经粉饰的古老故事总说：人生就是要承受各种不合理。

所以现实中的我们必须接受不合理且一直忍耐？有这种想法的人，特别是年轻人，应该读读这本书。然后他们会一再地阅读赤川次郎的作品。

赤川的作品所传递的是随处可见的普通人的行动、工作和喘息。有时他也描写女明星、音乐家或富豪，但即便如此，焦点也会是与这些人相关的家庭问题或恋爱烦恼——非常普遍的事情上，而非因身份特殊而产生的特别的烦恼。"三色猫探案"系列就是如此。

福尔摩斯是一只拥有超凡能力的猫，本来是由某女子大学教授所养。原主人过世后，片山兄妹将其收养，靠它侦办了很多案子，救了很多人。以福尔摩斯为向导，解开诸多谜团的是警视厅搜查一科的片山义太郎和妹妹——凡事都爱插一手的晴美。喜欢晴美的"大胃王"刑警石津也是常驻角色。

在《假面剧场》中，上述角色悉数出动了。

这次，三个人和一只猫受邀来到湖畔酒店"雾"。制造受邀请契机的人是片山，他救助被当作人质的女性时摔折了腿。为表达歉意，该女性的父亲邀请他们去自家的酒店。

在前往酒店的卧铺列车上，他们遇到了十六岁少女由香。少女因祖父的暴力而逃出家门，与片山相遇后一起前往酒店。

车内还有同去酒店的评论家及其秘书，还有察觉到丈夫出轨而一路追来的评论家夫人，以及一个自称画商的男人。

另一方面，在"雾"酒店住着伪装的一家人。原本毫无关系的三人被要求假扮成一家三口，条件是事成之后会有丰厚报酬。这种工作怎么看都觉得蹊跷。

片山一行人、伪装的一家三口、评论家夫妇等聚集在"雾"酒店，连续经历诸多不可思议的事件，甚至有人丧命。

这部小说于2001年7月号至2002年4月号连载于《小说宝石》。2002年4月作为"河童小说"由光文社出版发行。

小说的核心问题应该是家庭问题。由香被祖父不可理喻地虐待却无法逃开，伪装的家人中的女儿希江十四岁时也曾被亲生父亲家暴。随着故事的展开，我们还看到了被父亲背叛的姐弟。

孩子无法选择父母。少女们因各种境遇遭受打击时会想放弃，会感到绝望，好在有成年人及时出现，倾听她们的苦恼，对她们的悲苦感同身受。这样的成年人是福尔摩斯一行，也是希江的"父母"。少女们感到"这些人懂我"，摆脱了封印于胸中的苦恼，点燃重生的希望之灯。没错，片山等人表现出来的是理想型成年人的模样——会主动想象对方的立场，感受对方的痛苦。这样的行为不仅能保护少女，还会给她们助力，让她们勇于靠自己的力量在这个世界上变得强大，充满希望地活下去。

晴美提供的则是另一种重要的东西——觉得每天都很新鲜，活得很有乐趣，给年轻人以希望。晴美经历过多次生死考验，这次也身陷险境，但她总有着坚韧的意志。比如有一次，即将被泥水淹没之际，她还有心情自嘲："好苦啊，泥水已经涨到嘴边……泥水一点儿都不好喝，至少换成咖啡嘛……"

这篇小说告诉大家：面对困难，不要害怕，而要笑着面对。这种强韧的精神会给孩子们带去很大的救赎。还有片山，他接受了受伤少女的一切："不是你的错。"他的包容与温柔给予了少女们勇于面对人生的勇气与力量。

在赤川次郎的作品中，少女总是生命与希望的象征。很多烦恼的家庭都被少女引导着，获得新生。这样的家庭未必都是靠血脉相连的。

即使是血脉相连的家人，很多时候也会各怀秘密。这在赤川的很多作品中都有所呈现。这种情况下，往往是家中的孩子，特别是女儿，为了维系家人关系而努力。换言之，如果家庭全靠血缘维系，那么一旦出现裂缝，就很难修复。为了避免这种悲剧，必须设身处地地为对方着想，心中充满爱，去相信对方。因此，不依赖血缘的家庭也可以是了不起的一家人。

　　仔细想来，每个人都戴着各种面具。对家人也不例外。但要摘下以前的面具，成为更好的自己，并非易事。然而摘掉面具就有可能更接近理想中的自己。如果一开始就拥有一切，养尊处优，就不会获得发现全新自我的喜悦。卸下面具，是接近理想自我的第一步。

　　赤川作品的魅力在于笔法简洁却洋溢着自由的想象力。趣味盎然的对话让读者很容易想象作品中的画面，瞬间牵动自己的所思所想。

　　比如在这部作品中，有一场关于女性选衣服的描写。虽然没有对衣服作细节描写，但读者可以充分感受到当时的热闹情形、选衣服时的愉快心情，甚至可以让读者回忆起自己挑选衣服时的幸福时光。还有"大胃王"石津在酒店里吃咖喱的情形，虽然只说了一句"好吃"，没写到底是什么咖喱——虾肉咖喱、牛肉咖喱还是鸡肉咖喱——但对读者而言，已经可以"看到"石津因为那份咖喱而一脸幸福的模样，于是乎，自己以前吃咖喱时的幸福感也就此复苏。这都与被人爱着又以爱回赠的感觉有关。

　　没有对话的描写又如何？我们来看一段关于作者喜欢的音乐的描写。比如《黄昏酒店》中，开篇如此描述——

　　白白的小手如波浪击打着柔滑的键盘，珍珠般的音符精致地串在一起，交织而出。

　　那声音悠然地升至天花板，如透明的烟飘向四方。不久，又沿着墙壁顺势而下。

　　这段描绘非常写实，不过头，也无不及，充满了浪漫色彩。如果不是现场听过优美的钢琴演奏，就不会有这样的表现。我自己聆听高超的钢琴演奏时曾感受过音符如颗颗珍珠，仿佛从花洒中倾涌而出，所以读到这段描绘时特别有共鸣，而且他的描述比我所感受到的更精准。与这种描绘相遇时，我感到非常幸福。对音乐的描绘与时尚不同，永远不会过时。

　　赤川次郎的描绘拥有历经岁月沧桑而不落伍不过时的特质，拥有唤起读者想象的力量，也拥有唤醒人间大爱的力量。这一定是因为作者本身的大爱温暖地包裹着他的作品。